音のない花火

砂田麻美

JN210401

ポプラ文庫

1

私には、土踏まずがない。

ぺったりとした凹凸の無い皮膚が身体全体を支え、地面にまとわりついている。普通、人はアーチと呼ばれる土踏まずでその重みを調整するのに、それがない私は身体全体で世界を踏みしめるから、その結果ひどく疲れてしまう。毎年その疲労感は勢力を増し、私をますます憂鬱にさせる。

以前、表参道にあるマラソン選手御用達のシューズメーカーの店に、仰々しい機械で足のサイズを測定してくれるサービスがあった。ランニングマシーンのような形をした、いかにも値が張っていると見える縦長の機械に足を恐る恐る突っ込み、緑色の奇妙な布をかけられて撮影した私の足裏は、情けないほどに凡庸な顔つきだった。けれどもそこにいた専属スタッフは顔色ひとつ変えず淡々と測定を続けている。そういえばこの店員、テレビでよく見るあの人によく似てるなと思う。でも名前が出て来ない。

「私の足、おかしいですかね」

店員に向かって訊ねると、

「いえ、ほかにもいらっしゃいますよ、沢山」

とテレビの彼は間髪をいれずに答えた。

「さほど特別ではありません」

そう続ける店員の横顔は、にこりともしない。

彼の言葉を信じるならば、世の中には私と同じ疲れを全身で感じながら日々の生活を送る人々がごまんといるようだ。

さほど特別ではありません。そう自分に言い聞かせる。

けれどそうやって過ごしてみても、なかなか簡単には這い上がれない日もある。


東京駅八重洲口の改札は、心なしか背広のよれかけたサラリーマンたちでごったがえしていた。彼等にぶつからぬように巧みに改札をすり抜け、新宿方面のホームへ向かおうと方向を定めた時、後方から「おい」と聞き慣れた声がした。

それは、父であった。

「何してんのあんた」

そう訊ねる父の目は丸顔に埋もれてひどく細く見える。背は低く、髪は薄い。首が短いので顎とシャツの襟がほぼ同位置に接していて、父は家の中で見るよりも、ずっと小さくて動物的だ。それでいて、可愛らしさとは異なる凶暴性も秘めている。昔母が「パパとの待ち合わせが辛かった」と話していたけれど、その意味がじんわりわかる気がした。この人が彼氏とか夫だったら、やっぱりちょっと、せつない。

「仕事帰り？」

父は訊ねた。

「ううん、ちょっと寄ってた」

「どこ？」

「知り合いのバー」

「なに偉そうに。酒も飲めないのに」

自分から呼び止めたくせに、父は背中を向けて足早にホームへと歩いて行った。

私の名前は藤田《ふじた》しぐさ。今年二十九歳になる。たいがいの人は皆、私のことを「ふじた」と呼ぶ。

しぐさという少々個性的な名前を持つ甲斐もなく、小学生の時からその傾向は変わらないところを見ると、恐らく私の持つ何かがそう呼び捨てにされてしまう気軽さを孕んでいるのだろう。

大学を卒業した後、テレビ番組を制作する社員十五名程のプロダクションに入社した。それなりに名の知れた私の大学から、こうした小規模で野獣のような体力を求められる会社に入る者は稀で、しかも性別が女であるからして、君は一体どこに向かおうとしているのか？　という無言の問いかけは両親のみならず教授や友人たちからもたびたび投げかけられるのだけれど、映像に最も近い場所で仕事をしたいという気持ちが、基本的にマイペースな自分に唯一横たわる強靭な光のようなものとしていつもそこにあった。あった、というのは、それも案外不確かだからだ。ふと、自分がどの方向に舵をきったのかすらわからなくなる時もある。

今年六十九歳になる父は、大学卒業後の四十年以上の時間を東京駅近辺で過ごしてきた。幼い頃から電車や車で近くを通りかかるたびに、ほら、あれパパの会社と大げさに指差すものだから、どのビルが父の会社か、もうすっかり覚えてしまった。この人はよっぽど会社が好きなんだろうと思っていたけれど、多分そういうことよりも「条件反射」みたいなものなのかな、と最近は思う。会社を定年退職した後も子会社の社長をしたり相談役をしたり、なんだかんだと言い訳めいた言葉を口にしながらしばらく働き続けた末、今度こそ本当に引退したのにもかかわらず、ことあるごとに東京駅界隈で人と会っては遅くまで飲んでいるらしい。

「マスターと仲いいから、時々顔出すんだ」

私は早足の父に小走りで追いつくと、先ほどの言葉を補った。

「マスターって、飲み屋の主人と何話すの？　あんたなんかが」

「色々だよ。仕事のこととか、人生のこととか」

「なんだよ、芸術家きどっちゃって」

父は横目で私を見ると、かすかに鼻を鳴らした。

「芸術家をきどる」というのは、父が人を小馬鹿にする時の常套句だ。父がどんなタイプの人を相手にその言葉を発するのか、はっきりした線引きは今のところわからないが、テレビに出ている有名すぎず無名でもない芸能人が「しがらみって、自分で巻き付けちゃってる人が多いんですよね」などと雄弁に語る時、父の口からきまってこの言葉が出てくるのだということが、長年の共同生活から浮き彫りになってきた。芸術家きどっちゃって。恐らく、四十年も毎日毎日電車に揺られ沢山の制約の中で生きてきた父にとって、底の浅い持論をふりかざす輩は、諸悪の根源だったのだろう。日本を支えて来た善良な市民を潜在的に脅かす見えない敵、そのうちの一人が娘である私という訳だ。

「今日病院行ったの？」

父のコメントはさらりと無視して、私は訊ねた。

「行ったよ」

「どうだった？」

「どうって？」

「データ出たの？」

「データだけじゃさ、わからないの、いろいろ」

「何よいろいろって」

父はちょっと笑って、複雑なんですよいろいろ、と言った。


父は、そう遠くない将来死ぬらしい。

私が父の癌を知ったのは、担当する番組の沖縄ロケから東京に戻った、五月のことだった。羽田に着くと姉から携帯にいくつも着信が残されていて、ふいに胸がざわついた。

「いまどこ？」

と訊ねる姉の声は、いつになく低かった。

「羽田」

その先を答える間もなく、姉が続けた。

「お父さん。癌だって」

「癌？」

「そう、癌」

私たちはまるで「今日はカレーよ」「カレーなの？」みたいな調子で至って平静だったけれど、携帯電話越しの会話は、父が胃癌であり、それも他の臓器に転移していて、これからの対処が大変だというところにまで及んでいた。

「今元気なの？　お父さん」

「元気だよ。一昨日もゴルフ行ってたよ」

「だけど癌なの？」

「癌なの」

「癌ねぇ……」

「だから、早く家帰っておいで」

姉は、かつて一緒に暮らしていた時みたいな口調で、電話の最後をしめた。

羽田から家に帰ると、母が蕎麦を茹でていた。

父は、テレビで『お宝鑑定団』の再放送を見ていた。

見た所、いつもと変わらぬ日常のようであった。

「ただいま」

と私が言うと、

「おかえり」

と母が言い、

「おう」

と父が言った。

「癌だって?」

荷物も置かず父に聞いてみたら、それはそんなに怖いものじゃない気もした。

「らしいね」

父はそう言うとテレビに向かって、そんなに安いんじゃ意味ないな、と小さく呟いた。

「なーんで見つからなかったのかしら。去年もバリウム飲んでてねぇ」

母はざくざくとザルで蕎麦の水気を切っている。

「で、どうなの？　なんか身体おかしいの？」

私が訊ねると、

「なんとも」

と父はおどけながら両手を掲げてみせた。

「手術出来ないんだって」

奥の部屋から姉がやってきて言った。

「なんで手術出来ないの？」

「転移してるから」

私の問いに、姉はクラスで一番の優等生みたいにすぐさま答えた。

「転移してると手術出来ないの？」

「基本的には、そうだね」

次に答えたのは、姉ではなく父だった。

それじゃあその先どうなるの？　と聞こうと思って、やめた。

今は、やめておいた。

「はい、食べましょ。手洗ったの？」

母のかけ声で、父もテレビから離れ食卓につく。

この家は、こんなにも明るかっただろうか？　家の中に差し込む日の光が、いつもより眩しく見えた。こんな休みの日を、私の身体はよく覚えている。いつ頃だったかはわからないけれど、確かにかつて存在していたのだ。母は虚ろな目で皿を洗い、父はにこりともせずテレビを見、姉はこれから友達と出かけようとそわそわしていた、退屈な休日が。

昼食を終えると、姉と二人で二階に上がった。

私には十歳離れたこの姉の他に八歳年上の兄がいる。姉弟は皆結婚して家を出ているから、今は両親との三人暮らしだ。時々、その年で実家暮らしはまずいんじゃないかと親切にも助言してくれる人がいるのに、ほんとにそうですよね、まずいのは重々承知なんですけどねと言いながら気がつけば二十代が終わろうとしているのは、決して本気で考えなかったからではないのだが。

姉は時々実家に遊びに来ては、やっぱ実家って広いね、などと言いながら何をする訳でもなく母親と会話をしたり、近所をぶらついたりして再び夫のもとへと帰っていく。仕事は、時々簿記の資格を活かしてアルバイトのようなことをしているが、基本的に家にいるほうが好きなのか、積極的に仕事に取り組もうとする様子は見えない。子供はいないが、その分なのか夫婦仲は良好に見える。

「お父さん、さすがに昨日は元気なかったよ」

姉はかつて自分の部屋だったその場所で、本棚に置かれた埃のかぶった写真立てを覗き込みながら言った。その写真は、今から十年以上前に家族で行ったグアム旅行の時のものだ。家族全員で海外旅行なんて、あれが最初で最後のはずだ。

「この時、太り過ぎだよねお父さん」

姉は写真を手にとってまじまじと見つめた。ほんとに元気だったよね、と姉が言うので、今も元気だけどねと私は小さく笑った。確かに父は、あの時も今も、変わりないように見える。ただその写真の夜、父は今よりもっと父の形をしていた。

それは旅行最終日のことだった。ホテルのレストランで家族が一堂に会していると、ウエイターがやってきて私たちを見るなり熟練の笑みを浮かべ、「パーフェクトファミリー」と口にした。ウエイターが笑顔のまま注文をとり終えテーブルから離れると、父は丸い顔を更に丸くして、チップの威力ってすごいね、ものすごいゴマすっちゃってね、とふくみ笑いを浮かべていた。

その当時姉は今の夫と結婚する前で、結婚を前提に別の男性と付き合っていた。しかし父は、姉の交際にひどく反対していた。なぜ父がそこまで頑なに反対するのか、当時高校生だった私には皆目わからなかったが、とにかく父は断固として姉の結婚を認めようとはしなかった。

その夜、コース料理がメインにさしかかったところで、兄が口を開いた。

「親父、そろそろ認めてやれよ。姉貴のこと」

酒に酔った勢いもあったのか、他人に余計な干渉をしないことを信条としてきた兄が珍しく熱くなっている。しかし父は、兄とは視線をあわせず、目の前にあるニンジンのソテーを口に放り込んでいた。兄もここで引き下がっては男がすたると思ったのか、どうして駄目なのか、それは親のエゴだろう、姉貴もいい年だし快く送り出してやれよ、それだって立派な親の務めだろうと更に父に詰め寄った。それを見ていた母がそれぐらいにしておきなさいと兄を止めようとした時、突然父がシミ一つない白いテーブルをドスンと拳で叩いた。

「お前に、娘を思う父親の気持ちがわかるか」

周囲の客が一瞬にしてこちらを振り返るような、激しいもの言いだった。こんな、さだまさしの歌詞のような言葉を父が口にしたことにも驚いた。先ほどから家族をとりまいていた不穏な空気に怯え、手元のエビを熱心にほじくっていた私が恐る恐る顔を上げると、父は目に涙を溜めてわなわなと震えている。兄はそれ以上言葉を返さず、姉はただ哀しそうに口を結んでいた。普段マイペースな母はこの場をなんとかしなくてはいけないと思ったのか、あらやだこんな最後の夜にそんなやめましょうよ、せっかくいい感じのエビがパサパサになっちゃうじゃないと、めずらしく仲介するそぶりを見せた。その、藤田家史上最もダークな瞬間に絶妙なタイミングで戻って来たウエイターは、先ほどとうって変わった私たち家族のただならぬ様子を瞬時に察して顔をこわばらせながら、それでもやはり「パーフェクトファミリー」と唱えると、笑顔で水を注いでまわった。


「お父さん、元気だったよねあの時」

姉がもう一度言った。姉は結局、その恋人とは結婚しなかった。別れたのはグアムより随分後だから、父の反対は関係がないはずだ。とうとう姉の結婚が決まった時、次も闇雲に反対するのかと思いきや、父は案外すんなりと結婚を認めた。けれども父は披露宴で姉の友人たちに向かって「彼はちょっとプレゼン不足だよね、ほんのちょっとの話だけどね」と呟いていたと、姉は後に友人から聞いたそうだ。

私は時折、父が披露宴の親族席で叔父たちにこぼしていたのを思い出す。

「やっぱり、最初の子が一番かわいいんだよ」

ああ、そういうこと言っちゃうんだこの人、と思った。人間的にフラットで、仲間内の平等意識みたいなものを微妙なさじ加減で理解出来る人だと思ってたのに。

「それってなんかさー、微妙にショックだったんだよね」

と後に友人に愚痴ったら、

「しょうがないじゃない、人間だもの」

とトイレにかかったカレンダーの言葉みたいなことをシミジミと言われたのだけれど。

癌なんて、これからどうなっちゃうのかな、と姉が言った。なるようにしかならないよ、と私は答えた。そうだね、そんなにすぐどうこうって訳でもないもんねと姉は言って、写真を棚に戻した。それは、母がその場の空気を完全に無視してあの晩ウエイターに撮ってもらった、グラム旅行最後の一枚だった。

東京駅から父と二人して中央線に乗り込むと、車内は身体の隅々からアルコール臭のする赤ら顔のサラリーマンでごったがえしていた。人をかき分け吊り革の前に並んで立ち、窓の外に流れる高層ビルを目で追っていると、ふいに父が訊ねてきた。

「おまえは、若尾文子《わかおあやこ》と大原麗子《おおはられいこ》の違い、わかるか」

「何の違い？」

私は眉間に皺を寄せて聞き返す。

「だから、男から見る、若尾文子と大原麗子の違い」

父が自分にどんな答えを期待しているのか、推し量れぬところはあったものの、私は答えた。

「若尾文子は結婚したいタイプ、大原麗子は彼女にしたいタイプ。とか、そういうこと？」

「お前、それがわかってればな、たいがい結婚出来るぞ」

父はそれだけ言うと、ニヤリと笑ってもうこの世に思い残すことはないといった風情でまた窓の外に目をやった。

しかし、父が私に一日も早く結婚しろと迫ってくる予兆は、無い。恐らくそのエネルギーは、姉の全盛期にマグマとなって噴き出して以降、静寂を保っていると推測される。そもそも私には結婚や孫の誕生を期待していないのかもしれない。時々、私はやっぱり一番目じゃないからなのかなぁと思ったりもする。

父と並んで乗る電車が、御茶ノ水駅にさしかかった。御茶ノ水駅の前には、私が十四年間通った学校がある。私立で、カトリックで、授業料はそう高くない女子校。おおよそ都会の風貌とはかけ離れた森の塀に囲まれた、小さいが伝統ある学園。父はあらゆる知恵と人脈をフル活用して、私がこの学校に通うことを望んだ。

この子はきっとここに通うのが幸せなはず。という一途なまでの思い込みは、親が子を思うしごくまっとうな考えだったが、当の本人は残念ながらこの学校から出られる日を待ちわびた。毎朝駅に降り立つ度に、あと九年、あと六年八ヶ月、あと三年二ヶ月、と砂漠の真ん中に監禁された政治犯みたいに、指折り残り日を数え続けた。先生を憎んでいた訳でも、特別ないじめにあっていた訳でもない。ただこの世界の外に出たい、それだけだった。

その一方で、私は洗礼を受け教会に通ったりもした。神の子になればここでの生活にも幾分なじめるのではないかと思って。毎週のように学校に隣接した教会に通い、ミサを受けた。

あなたを置いて、誰のところに行きましょう。

しかしそう唱えていると、どこからともなくもう一人の声がする。

いつか必ずあなたを置いて、ここから出て行くからね。

その一文にさしかかると、私は小さな口をぐっとつぐんだのだった。

高校を卒業すると、共学の大学に進学した。学校に、男と女が半分ずつ。この世がそうであるように、それは歓迎すべきこと、私が何年も求め続けた環境だったのに、入学式で私は泣いた。もう学校には行きたくないと、大学がある駅の喫茶店で式に同行していた母に泣きついた。馬鹿なこと言ってるんじゃないわよ、小学生じゃあるまいしと母は言ったけれど、私はこの時初めて気づいたのだ。出たい出たいと心の底から願い、反抗しながら過ごした十四年という時間こそ、自分がいかに自分らしく存在し、守られていたかを。しかし実際に授業が始まると、それもすぐに杞憂に終わった。自由な校風だった大学生活は、慣れればむしろ私が泣いて懐古したあの頃よりもずっと居心地のよいものとして自分の内に溶け込んだ。よい母親になれと言われることも、祈る必要もない。自分がやりたいことに、突き進めばいい。いつのまにか私は、守られるべき壁や祈りの言葉から遠い場所にいた。

車窓からかすかに見える学園の森に視線を向けながら、父は何かを思い出したようだった。

「お前みたいな女はまずい」

父の「女論」は、まだ続いているらしかった。

「お前みたい」というのは即ち、若尾文子でも大原麗子でもないってことだと、私は解釈する。特別美人でもないくせに、いっちょまえの持論だけふりかざす女。そういう女は一番男に嫌われる。男はだいたい、女にそうねって言って欲しいもんなのに、それはあなた基本的にスタンスが違うでしょ、とか言われたらぶん殴りたくなるもんだ。お前みたいな芸術家かぶれの女は一番タチが悪くて、どうも自分は特別な人間だと思っているふしがあり、それをなんとかして相手に認めさせようとするから、特にそれが彼氏や夫だったら手におえない。いいか、一度しか言わない。男は女に聞いて欲しいんだ。更に言うと、めんどくさい女が大嫌いなんだ。男が何を言っても最後にこう言って欲しい。あなたの言ってること、正しいと思うわ、と。しかしお前はそうは言わないだろう。お前は真っ正面から男を見据えてことごとく正論をふりかざし、多分その目は笑っていないだろう。そんな女は、いくら大原麗子でも愛人にすらしてもらえない。

というのが、父の私に対するざっくりした見解のようだった。

「だから何なのよ」

と私が言うと、

「そんだけ」

と父は短い首を更にすぼめた。

新宿駅から小田急線に乗り換え、代々木上原の駅を降りると家までの道を二人で歩いた。

父の歩幅は小さいくせに歩く速度が速いので、私はいつも小走りで追いかけることになる。でも追いかけるのは悪くない。追われるより、追うほうがずっといい。特に追う背中が厚ければ厚い程、追い甲斐があるというものだ。

幼い頃、働きざかりだった父は毎週末のように接待ゴルフに出かけていたけれど、土日のどちらかは手をつないで私をどこかに連れ出してくれた。文房具屋とか、電気屋とか。今思えばただ用事を済ませていただけだったのだろうが、幼い私にはそれは何よりの楽しみだった。私が新聞の折り込み広告で見つけ無理矢理連れて行ってもらった犬の販売会で、お嬢ちゃんにだけ特別に抱かせてあげようねとセールスマンの手口にまんまとはまり、小刻みにふるえる愛らしい子犬を胸に抱き号泣しながら飼わせて下さいと懇願した時も、この狭い家のどこに室内犬を飼う余裕があるのかと大反対する家族を脇目に、父は最後には飼うことを許してくれた。

あれから数十年が過ぎ、私にとって父は物理的にも精神的にも、手をつなぐ相手ではなくなった。それでもやっぱり、この人がいなくなるっていうのはちょっと想像がつかない。この人が消えちゃうなんて、笑えない冗談みたいだ。

街灯の乏しい住宅街を抜けて、いよいよ隣人の顔も見えぬような公園の横を通り過ぎた時、ふと暗闇よりも黒いものがじっとこちらを見ているような気がした。

それは私の守護神のようでもあり、死神のようでもあった。しばらく様子を見ていても、いつまでたってもあちらが話しかけてくる様子はなく、私は恐る恐る暗闇に向けて話し始めた。

申し訳ありませんが、しばらくこの話は待っていただきたいのです。わかります、貴方がたの都合も。しかしこちらの都合もわかっていただきたいのです。私にも、人生というものがありまして。もちろん父にもあります。今この状態で親を持っていかれるのは、ちょっと具合が悪いのです。あと十年なんて贅沢は言いませんが、せめて三年は時間が欲しい。三年あれば父だってやり残したことをやれるだろうし、私の花嫁衣装を見せてあげられるかもしれませんから。くだらないですか？　この世界では結構重要なことなんです。今から探せば間に合うかもしれないですし、姉も協力してくれるかもしれません。どうでしょう？　ひとつご検討いただけませんでしょうか？

「来週の土曜日、セカンドオピニオンの結果聞きに行くぞ」

暗闇の会話を断ち切るように、父が言った。来て欲しいって言えばいいのに。そう思ったけど言わなかった。若尾文子は、そんな風に言わないと思ったから。

2

五月の終わり、よく晴れた日のことだった。父と母、姉と私で向かったのは、「セカンドオピニオン」という地球温暖化に関するイベントのような名の面談だった。

大学病院のロビーには、患者たちがひしめきあい、皆一様にけだるい顔で、永遠とも思える順番を待ち続けていた。

主治医の面談を前に待合室に通された我々四人を前にして、事務の女性は一瞬何事かという表情を浮かべたように見えたが、すぐさま笑顔になって言った。

「神崎《かんざき》先生は、まもなく参りますので」

「ありがとうございます」

私たちは深々と頭を下げて、待合室のソファーに腰を下ろした。

「なんで全員で来る必要があるかね？」

父が口火を切った。

「来て欲しそうだったじゃん」

私は言った。

「お父さんが一人で聞くより、間違いないからさ」

姉が言った。

「こういうのは全員で聞いたほうが相手もプレッシャーになっていいのよ」

いかにもわかった風に言ったのは母だった。

やがて「神崎」というプレートを白衣の胸につけた初老の男性が私たちの前に現れると、彼も又予想外な人数の多さに怪訝な表情を浮かべたものの、器用にそれを笑顔の下に包み隠すと一同中に入るように促した。

「前の病院から、データをいただきましてね」

医師は封筒からうやうやしく紙を取り出すと、広い机の上に順に並べながらこう切り出した。

「はい」

前のめりになって答えた父の顔は、既に元営業マンのそれであった。資料やデータは、あればあるほどいいのだ。順序よく、効率よく、明解に私の病気を論じて下さい先生と語る父の声が、その背中から聞こえてくるような気がした。

「経緯としては、肝臓の影に気づき造影剤等を利用して再検査を実施したと。その結果、転移性肝腫瘍と判明しました。原発は胃ですね」

そうでございますね、と父が頷く。

「胃癌の場合、外科的な手術というのが非常に有効なんですけれども、藤田さんの場合は肝臓にもいくつか転移がみられますので、その選択肢は通常の考え方で言えばそれはないと」

「なるほど」

「リンパ節にも、若干の転移がみられます」

「左様でございますか」

父の肩がかすかに落ち込んだのが後ろからもはっきりと見てとれた。

「現状、癌のステージ的に言いますと、四段階での最終、ステージフォーにあたると考えられますね。ということは、やはり根治することは現代の医療では難しいという流れにならざるを得ませんので、現状を維持する、そういうことが治療の最大の目的になるということです」

神崎医師はもう何十年も、生きるか死ぬかの患者を前にして「あーもう死ぬね、気の毒だけど」と言いたいのを堪えながら過ごしてきたのだろうか。その話し方は厳粛すぎず、かと言って軽率にはほど遠いものだった。

「そういたしますと、治療の方法はやはり……」

父は神崎医師の次の言葉を促した。

「抗がん剤を使った化学療法、これがスタンダードな考え方です」

何かのマニュアルを読んでいるのかと思う程、その文章は聞き覚えのあるものだった。この病院を訪れる以前にも、癌が発見された病院でそっくりそのまま同じことを言われていたのを覚えている。それに、ステージフォーという言葉の響きはなんとも苦々しい。以前母にも、「人の生き死にを英語でごまかすのか日本の医療は」と言ったら、「せめてステージよんって呼ぶべきよね」と即答していた。

父の口から、「そうですか」とか「左様でございますか」以外の具体的な質問や疑問は皆目出て来る様子はなかった。営業マンとして、場の空気を巧みにかわしながら人から人の狭間を渡り歩いて来た父にとっても、いささか勝手の違う相手だったのかもしれない。最初の一声を推し量るように頷きながら、とうとう父が口を開いた。

「抗がん剤と聞きますと、私たち素人はやはりなんていうんでしょうか……副作用が強くてですね、本人が相当苦しむんじゃないかっていうイメージが強いんでございます。我々も、その辺りを気にしてるんでございますが……」

父は何故か「わたし」ではなく「われわれ」と言った。医師は、父の言葉に大きく頷いた。

「現状抗がん剤っていうのは注射か飲み薬が多くてですね、それぞれの病院でどのような割合で処方するかという違いはもちろんありますけれども、基本的にその組み合わせ、方法論っていうのはスタンダード化されています。ただし、担当医によって治療方法の見解が異なりますから、最終的には患者さんと医師との話し合いの中でどこまで投与するのか、ということになってきます。副作用ですが、当然ゼロじゃありません。患者さんによっては、非常に強い副作用を伴う方もいる。これはなんとも一概には申し上げられません」

「主人はですね、十五年まえに……」

母が話に割り込もうとすると、父は家族にしかわからないような小さなサインでそれを押しとどめた。

「ええ、十五年前のご病気ですよね、そのデータもいただいております。解離性大動脈瘤。それから慢性的に腎機能も低下しているというデータが出てますね。そういうことですと、強い抗がん剤っていうのは、よい細胞にも少なからずダメージを与えますから、これは担当医が藤田さんの身体を細かく見て、どこまでトライしていくかという話になってくると思います」

「なるほど、よくわかりました」

父が話の主導権を自分に引き戻そうとしているように見えた。

「素人考えですと、このような老体に抗がん剤を入れ込んだ時にどのような反応が出てくるかという点において、非常に不透明な部分がございまして、出来るだけ穏やかに、ソフトランディングと申しましょうか、そういう風に考えているんでございまして……」

「でもね、藤田さん」

白衣を着た権威は少し前のめりになると、それまでとは少し違ったニュアンスで言葉を挟んだ。

「闘わずにあきらめるっていうのは、まだ早いんじゃないでしょうか？」

意表をついたその一言に、一瞬父がたじろいだのがわかった。父はわずかばかり目を泳がせ、恐らく誰も気づかぬ範囲の沈黙を経ると（元営業マンの父は、決して必要以上の間をとって相手を困惑させたりはしないのだ）、やはりそうでございますかと声のトーンを心持ち上げた。父の肩にのしかかっていた何ものかが、ふっと軽やかに飛び去ったような、そんな高揚感がそこにはあった。

「正直申しまして、ここのところ恥ずかしながら弱気になっておりまして、抗がん剤というものが想像の範囲でしかありませんもので、そんな中で全力投球することで自分の生活がまったく駄目になると言いますか、家族にも迷惑をかけるようなことになるのは避けたいというのが本音でございまして、ソフトランディングと申しましたのも、そういった弱気な状態から来ている言葉でございました。先生から『闘いましょう』というお言葉をいただきまして、逆にと申しますか、今一度強い心で、癌と対峙しなきゃいかんなぁと、背中を押されたような感じが致します」

父より一回り以上は若いと思われる、どこまでも誠実な権威の象徴は、ああ今日もまた実務的な会話の間に少しだけ感情的な言葉を挟み込むことで、患者の心の隙間を埋めることに成功したという自信と安堵に満ちた表情で私たちに語りかけた。

「頑張って、癌に立ち向かいましょう」

病院の面談室に、昼間の太陽が差し込んでいた。これから私たちが向かうのは死への道ではないような気もしてくる。こんなに立派な先生が、インターネットで調べれば真っ先に出てくる名医と呼ばれる人物が、闘おうと言っている。あきらめずに癌なんてはねつけようと、拳を振り上げているのだ。父の表情は明らかに昂揚し、かつての自分、癌患者と宣告される以前の自分をわずかながら取り戻したかのようだった。

父を先頭にして面談室から出ると、医師は部屋の入り口まで我々を見送り、最後にもう一度確かめるような強い口調で言った。

「頑張りましょう」

「よろしくお願いします」

父は声高らかに答えた。

けれども私たちは、父が死ぬまで二度とその医師に会うことは無かった。


家に戻ると、すぐにアメリカの現地時間を調べた。転勤で日本を離れている兄とスカイプをする為だ。

外資系の銀行に勤める兄は、あらゆる面において我々家族から一点も非難されることの無い、順風満帆な人生を歩んでいる。兄は時々出張で日本に戻ってくると、私を見るなり必ずこう言う。

「何してんの？」

何してんのって働いてんのよと言うと、きまってふーんと言うのだが、多分兄には私の仕事が皆目理解出来ていない。

「それって、いくら貰えるの？」

手取りで十八万ぐらいかなと答えると、兄はそれって週給？　と割合本気で訊ねてきた。

「どうしてそんなことしてるの？」

と、兄は重ねて聞く。どうしてそんな安い給料で、もう少し太陽を待とうだの、ロケ弁が何個足りないだの、結婚もせずにやってるの？　どうして？　兄は特別私を馬鹿にする様子もなく、心底知りたいのだという風だった。

「どうしてって、じゃあなんでお兄ちゃんは今の仕事してるのよ」

私が訊ねると、兄は家族の為に決まってんじゃんと目を丸くした。それじゃあ、お兄ちゃん今宝くじで三億円あたったらどうするの？　その問いに兄は、すぐさま会社を辞めると断言した。辞めて何するの？　働かないの？　と私が重ねる。すると兄は、俺は喫茶店のマスターになって美味しいコーヒーを淹れたいんだと目を輝かせた。兄がコーヒーを淹れているところなんて、私は記憶の限り一度も見たことがないにもかかわらず。

私には、兄という人が仕事と家庭という交互にやってくる二本のレーンを延々クロールしているように見える。それでいて人生とはクロールだけしていればいいと開き直っている訳でもない。ただ、泳ぎ続ける。黙々と、まっすぐに。それは誰かに似ているなと思ったら、父だった。そういうことかと、妙に納得した。

姉の誕生から二年後に生まれた兄は、父に似て少々すべてのパーツが短かったけれど、一家四人という日本の典型的な家族構成を完成させるのに一役買った。がしかし、その七年後両親はヘマをした。恐らくその頃、二人はどう前向きに捉えても私という受胎を「勘弁して欲しい」と思っていたはずである。彼等はもう十分親として社会的責任を果たし、何不自由ない暮らしを与え、よく働きよく育て、年金と税金を納めながら狭い我が家で頑張っていたのである。だのになぜ、そこに更なる重圧を与えようとするのか神よ。と、お互いの生物学的奇跡をのろったはずであるが、原因がすべて自分たちにあるのが哀しいところだった。

当時の母の心境は、しごくわかりやすい形で記録されている。姉の母子手帳には、「つわりも治まり、靴下を編むことにした。毛糸は淡い黄色。どんな女の子なのか想像がトマらない」と綴られているのに対し、私のそれには、「五ヶ月、少々出血ありで受診」と書かれたままラストまで長い沈黙が保たれている。リストラ直前の社員の日記みたいで、少し切ない。

そんな中、ワンオクターブ上のテンションでこの新しい命に反応したのが、当時まだ小学生だった姉と兄だった。どうしたら子供が出来るのかも、一人の人間を育てあげるのにどれほどのコストを要し、それが平凡なサラリーマン家庭をいかに圧迫するか、想像も及ばない頃の話だ。

しかし二人が思春期を迎える頃になってみると、私はやっと小学生になるかならないかの子供にすぎず、白いマシュマロの風合いをした天使であるべき妹は、何も出来ない面倒な存在に成り下がっていた。彼等は自分たちだけの世界を構築し、友人を作り、好きなレコード（それは姉の場合エルトン・ジョンであり、兄の場合渡辺美里だった）を聴いたりしながら、完全に私という存在は日常から忘れ去られていった。

一方、その頃父と母もまた雑多な日常から生まれる掃き溜めの中にいた。ただの夫婦関係の鬱憤と言えばその通りだし、男女の感情的もつれと言えなくもないが、彼等はただ、疲れていた。父はその頃課長になり、バブル経済の渦に巻かれて日々接待に明け暮れていたし、母は、野菜を切る場所を確保するのがやっとの狭い台所で、家族五人分の食事を作り続けることに辟易していた。

私が言う。「ママ、おなかすいた」

兄が言う。「ねえ、明日までに修学旅行のお金だって」

姉が言う。「お母さん、私のテニスのラケットどこにしまったの？」

母はひどく苛ついていた。頂点を極めた苛つきは、しばしば白いタイル張りの壁に向かって執拗に投げつけられた。小太りの身体をダブルのスーツにめり込ませ、酒臭い息で帰ってくる父と逃げ場のない小さな家で対峙する母。よもやそこは「帰る場所」でも「迎える場所」でもなく、三匹の飢えた子供に見つめられ、自分たちが作り上げたが故に誰を責める訳にもゆかぬもどかしさがつきまとう、苦痛を伴うだけの辟易とした生活の場であった。

両親の喧嘩は、年々勢いをますばかりだった。そしてなぜかきまって、喧嘩は楽しい家族の時間の終盤に起きることを、小学生になったばかりの私は気づいていた。

あれは都庁が丸の内から移転し、新宿に建設された時のことだ。高層ビルの立ち並ぶ西新宿の中でもひと際存在感のある巨大な建築物を見学に訪れたのは、雲ひとつないよく晴れた春の日だった。そこに夫婦の争いはなく、三人で厳かに展望台から我々の住む街を望んだ後、再び地上に降りると、先ほどまであそこにいたのかと首が痛くなるほど頭上を見上げた。高いねぇ、さっきまであんな所にいたんだね、ねぇしぐさ見える？　あそこだよ、あの黒い部分から街を見ていたんだよ。

これは完璧な一日に違いないと、私はひそかに確信していた。その日私は、日記にこう書き記した。

「今日は素晴らしい一日だった。パパとママと都庁に行って、帰って来た。二人は仲良く話していたし、喧嘩しなかった。私は今日のことを忘れない。絶対に」

四畳半の個室で背筋をピンと伸ばして日記を綴る背後から、しかし両親が互いを全力で罵る声がしていた。

パソコンの電源を入れ、起動を待っていると、姉の夫、徳一郎《とくいちろう》が仕事を終えて家にやってきた。

「おう、徳ちゃんすまんね、わざわざ」

父がそう声をかけると、徳ちゃんはいえいえと言って少し恥ずかしそうに手を挙げた。

姉の結婚時にはプレゼン不足と称した義理の息子を、父は今トクちゃんトクちゃんと言って可愛がっている。時折機嫌がいいと、今日はトックー来ないの？　と言ったりもする。徳ちゃんは、姉との結婚後ただひたむきに我が家の集まりに顔を出し続けた。いつもどんな時も姉と一緒に嫌な顔ひとつせずやってきて、家族の早口な会話を黙って聞いている。徳ちゃんはどう思う？　と具体的な指名がない限り、自分からは決して話さない。解散したあとに、あれ今日徳ちゃん何か一言でもしゃべったっけ？　と言い合うこともあった。彼はただそこに間違いなくい続けるという方法で父の懐に飛び込んで行き、やがて揺るぎない独自のポジションを築いた。だから私は世の中にはもの言わぬプレゼンがあるのだということを、徳ちゃんから学んだ。

「もしもし」

アメリカに接続されたパソコン画面に出て来たのは、兄ではなく七歳になる孫の里菜《りな》だった。

「りーなーちゃーん」

父が頭の先から甲高い声をあげた。ついさっきまで病院で神妙に頭を垂れていた人物とは思えぬ変わりようだ。

「りなちゃん、今日学校お休み？」父が訊ねた。

「きょうはね、メモリアルデイでお休みなの」

「そうなのー。デイなのねー」

里菜が放つ英語の発音は高尚すぎて上手く聞き取ることが出来ないようだ。父はなんとなくの雰囲気でかわすと、続けて言った。

「りなちゃんに会いたいなー」

それを聞いていた母も続く。

「りなちゃん、ほんと会いたいー」

「りなちゃん、いつからお休みなの？」

父が目尻を限界まで下げながら訊ねた。

「うーんわかんない。もうすぐかな？」

小さなパソコン画面にひしめきあって並ぶ大人たちが、海のむこうで首を傾げる幼女の無垢さに、思わず声にならないため息をもらす。

「じいじ、また会いにいくからね」

「うん、まってるね」

そう里菜が言うと、画面の脇から兄が顔を出した。

「どう？　お父さん」

「おお、病院行って、帰って来たとこ」

「結果的には前の病院と同じですよ。でもまあなんていうかな、別の病院の別の人間に言われると納得するわね、本人も」

「おつかれさん」

神妙な面持ちで話を聞く兄の傍らから、二番目の孫の里香《りか》が顔を出した。

「りーかーちゃーん」

再び父の声色が変わったのを、兄が慌てて引き戻す。

「じゃああれ？　やるの？　抗がん剤、早速」

「まあね、そういう方向で、お願いしようと思ってる。何もしないでコロッと死んじゃうぐらいなら、抗がん剤頑張りたいな」

その口調に、高校進学を機に一人上京し、下宿生活を始めたばかりの父の姿を見た気がした。昔祖母に見せてもらった、学ラン姿の父の写真。父は教育熱心だった祖父母の意向で、十五歳にして実家を離れ東京の高校に進学した。祖母はその写真を見ながら、あなたのパパ、ホームシックだってすぐに手紙よこしたのよ、辛い時に限って筆まめなのは私に似たのかしらと笑っていた。

「でもほんとに大丈夫かしら？　抗がん剤」

再び母が口を挟んだ。父はイラついた顔で小さく手を挙げ母の発言を完全に遮ると、今度はつとめて明るい調子で言い放った。

「そういう訳でした」

「親父がそういう風な考えならね、一番前向きにやれる形がいいと思うよ」

兄は言った。彼はいつだって、他人の結論に干渉しない。それは一見寛容に見えるけれども、同時になんだよもっと強く相手を引き戻したり突き放したりして摩擦しなよ、とも思う。そんな兄の姿勢を父は一番よく知っていて、だから病院から戻って一番に兄と会話することを望んだのだろう。

しかし兄もまた、父のいないところでは今回ばかりは調子を狂わされたようだった。アメリカに癌専門のいい病院があるから、ここに来て孫と一緒に暮らしてはどうかと、かつての兄では考えられないような大雑把な提案を私たちに持ちかけてきた時もあった。

父さんのことを考えながら、美奈子《みなこ》と泣いてます。

とうとう兄からそんなメールが送られて来た時は、物理的な距離というものがここまで人の不安を煽るものなのだと、妙に感心したりもした。

美奈子とは、兄の妻のことだ。彼女のお腹には、三番目の子供が宿っている。

「美奈ちゃん、体調どう？」

スカイプの画面に向かって母が訊ねると、

「だいぶ落ち着きましたよ、おかげさまで」

と美奈ちゃんは画面から覗かせた目を細くして笑った。

美奈ちゃんは、いつも笑っている。子供たちに真剣に怒る時ですら。そして彼女には、黙っていても心の中にまっすぐな柱があるのが見える。それは時に朴訥とした侍のようでもあるし、ちょっとしたマザー・テレサみたいでもある。全員がニヒルな感情を忍ばせながら暮らす私たち家族に投入された、オーガニックの中和剤みたいなものだと、時々彼女のことを思う。美奈ちゃんのおだやかな直情ぶりには、母も姉も私も、思わず黙って手を合わせてしまうのだ。

美奈ちゃんが言った。

「じいじ、みんなでじいじのこと考えてますからね。一人じゃないですよ」

「ありがとうね、美奈ちゃん」

父の口元が少し歪んだのは、恐らく照れのせいだろう。

「来月夏休みだから、日本いくから」

兄が、ここはひとつ現実的に話をまとめようとしているのがわかった。

そうなの？　これるの？　姉が身をのりだして訊ねると、それは嬉しいなーと父が陽気に言い加える。

「里菜ちゃん、里香ちゃん、じいじ待ってるからねー」

「じいじ、はやくよくなってね」

里菜が鼻にかかった言葉で返した。

互いになかなか「終了」ボタンを押せないまま、何度もさようならと言って、ほとんど同時に画面が消えた。そしてそこにはいつもの無機質なパソコン画面だけが残った。まるではじめから何一つ存在していなかったかのように。

3

お父さんが癌みたいなんだと呟いた時、小堀《こぼり》さんは「ありゃ」と言って私を見た。テレビからは、毎回旬の著名人に密着する三十分番組が流れていて、これはもう終電を逃しそうだと思いつつも、私はだらだらとここにい続けたかった。

小堀さんは、東京駅八重洲口近くの裏路地にある、小さなバーを営むマスターだ。アルコールを受け付けない体質の私が小堀さんの店を訪れたのは、担当している情報番組のワンコーナー『会いたくてドキリ』の取材が目的だった。『会いたくてドキリ』は、私の直属の上司である番組プロデューサーの瀬尾《せお》が満を持してスタートさせた人気コーナーで、六十代半ばの俳優が、街歩きする途中で個性的な人生の持ち主——味があって、おしゃべりが上手く、気が利いて、古き良き街の歴史のうんちくまで饒舌に語る人物——と「偶然に」出会うという、誠に奇跡のような構成になっている。そのコーナーでその俳優が出会う人物候補の一人が小堀さんで、小堀さんはこの界隈ではちょっとした有名人だったこともあり、割合すぐに取材交渉の段取りまでこぎつけられたのだった。

土曜の午後、瀬尾と二人で店を訪れると、薄暗い店内のカウンターに濡れ布巾をかける小堀さんのシルエットは逆光に輝いていた。ゆるくウェーブのかかった長い髪はひとつにまとめられ、遠くからでも上質だとみてとれる麻の長袖シャツはひじまで大きくまくられていた。赤い口紅がリップライナーで縁取られた口元からは、小堀さんの生真面目さがどことなく感じられた。

一瞬、瀬尾が息をのんだのが横にいる私にもありありと伝わって来た。瀬尾は、目の前の人物が自分より社会的地位や能力において上か下かを瞬時にかぎわけ、上であると判断した途端に自分の立ち位置を少しでも優位にしようと全力を尽くすタイプの人間だ。

「お忙しいところ大変恐れ入ります、『会いたくてドキリ』のプロデューサーをしております、瀬尾でございます」

瀬尾が威厳を含んだ大きめの声をかけると、小堀さんは映画の前売り券とそのおまけのようにセットになった私たちへ交互に目を向け、

「お待ちしていました」

とにこやかに笑った。

小堀さんが男性だとわかったのは、話し始めてまもなくのことだった。

小堀さんの身体が少々ゴツかったせいもあるが、やはり決め手は声だった。いや、厳密に言うと声だけでもなかったかもしれない。いずれにせよ小堀さんの発する生物的な堅さのようなものは、明らかに女性が持つ何かとは異なっていた。

瀬尾はそのことを知っていたのだろうか？　普段の瀬尾なら「ヒッヒッ」と両目をつりあげておもしろ可笑しく語るだろう格好のネタを私に語らないのは、不思議なことだった。

瀬尾がマニュアル通りの交渉を終えると小堀さんは取材を快諾したが、最後まで「女装のマスター」という立ち位置から物事が語られることも、語ることもない、実に奇妙な打ち合わせだった。

ロケハン用のデジカメを店に置き忘れたことに気づいたのは、取材交渉を終え、小堀さんの店を出てからおおよそ三十分後のことだ。次の打ち合わせがあるからとタクシーに乗り込んだ瀬尾を見送り、さて今日はめずらしく早く帰れそうだと大股で歩き出した時、携帯が鳴った。

「もしもし」

「小堀です」

「どうも先ほどは、ありがとうございました」

「こちらこそ。あのね、あなたカメラ忘れてない？」

慌てて鞄をまさぐると、確かにピンクのデジカメが無い。仕事で深夜に帰宅した時たまたまやっていたテレビショッピングで、ピンクは女性に大人気、ご覧下さいみるみる在庫が減っています、とかつての人気女優が絶叫しているのを見て、たいして欲しくもなかったのについ買ってしまったものだった。

「すみません。すぐ戻ります」

私はもう一度あの店に戻らなくてはいけないことにうんざりしながら、でもここに瀬尾がいなくてよかったと胸をなでおろした。瀬尾ならきっとこう言うだろう。お前のそういうところが、すべての限界を物語っているんだよ、と。

足早に来た道を戻り、飴色に磨かれた扉をあけると、小堀さんはバーのカウンターに腰掛けて誰かを待っているようにも、深く静かに、目には見えない何かをじっと観察しているようにも思えた。

「すみません。ごめんなさい」

私は息をきらしながら言った。

「ごめんなさいね。私も気づかなくて」

小堀さんは椅子から立ち上がると、テーブルに置いてあったデジカメをそっと私に手渡した。その手の甲には長年苦汁を素手で拭き取ってきたような、厳しい皺が刻まれていた。

「お手数をおかけしました」

短く礼を言って店から出て行こうとした時、小堀さんが背中越しに言った。

「あなた、ミルクティー飲んでいかない？」

それが小堀さんと私の、厳密に言えば最初の出会いだった。


「あんた、あの時死んだ魚みたいな顔してたわよ」

小堀さんは未だに当時の私をそう表現する。小堀さんの表現はいつだって的確なので、私は黙って頷くしかない。

「ミルクティーっていうところが、私の商才を物語ってると思うの」

小堀さんはそうも言う。

「どういう意味？」

「あんた、どう見たってとりあえずビールって感じじゃないじゃない。ママにタカナシの牛乳でマリアージュフレール淹れてもらってるクチよね、きっと」

小堀さんは誇らしげだ。

「そうかもね」

こういう時の小堀さんに、私はむやみに反論しないことにしている。

「それにあんたの上司、なんつったっけ、名前」

「瀬尾」

「そう、瀬尾ってあのキツネ男といたでしょ、あの時。あのオーラはまずいわよ」

「まずい？」

「なんか同情しちゃったのね。まだ若いのに中国の農村から人身売買で送られてきたみたいな悲愴感が漂ってたからさ」

小堀さんは、今夜も私の為だけに濃厚なミルクティーを淹れながら、ひどく不憫だと言わんばかりに眉をひそめた。

「お父さん、何の癌？」

「胃」

「手術は？」

「もう転移してるから無理だって」

ある程度年を重ねた人が咄嗟に口ばしる、癌に対する基礎知識には毎回新鮮な感動を覚えてしまう。二十代の人間に「親が癌だ」などと言えば、この世の終わりのような哀れんだ目で沈黙されるのが常なのに、彼等は「胃なら切れるよね」と即答する。一体彼等は、日々どこからどんな経路で癌にまつわるあれこれの知識を得ているのだろうか？

「検査してなかったの？」

「してたよ」

「見つかんなかったんだ」

「そうみたい」

「運が悪いね……」

私は小堀さんが放ったその無神経な一言に少し心がささくれ立って、ミルクティーの表面に浮かんだ膜をスプーンで乱暴にかき分けた。

「おいくつ？」

小堀さんは質問を続けた。

「六十九」

「シックスティーナインか」

私はいよいよ馬鹿にされている気がして、椅子から腰を浮かせて帰り支度を匂わせた。けれど小堀さんはそんなことは気にもとめていないようだった。

「大丈夫よ、うちの親父も癌だったけど、発見されてから五年生きたから」

私はうんと頷きながら、小堀さんとこうして無駄口を叩くぐらいなら何故まっすぐ家に帰らないのだろうかと、自分のことをいぶかしく思った。家に帰ればまだそこに父はいる。何も変わらぬ父がいるのだから、そこにいればいいじゃないか。まだ、父は死んではいないのだから。

「そろそろ行くね」

私は言った。そう？　と言って小堀さんも立ち上がる。私を見送る時、彼はきまってこう言うのだ。もう行くの？　でも、じゃあまたね、でもないのが私は好きだ。そこからわずかばかりの淋しさと、それを静かに突き放す余裕が感じられて、それはやがて小堀さんが男でも女でもなく、私にとってただ一人の人間であることへの感謝へつながる。

「またおいで」

小堀さんは少し先回りして、右手でドアを開け私を外へと促した。するといつものように、小堀さんの身体から甘い香りが漂ってきてふわりと辺りを包みこんだ。外国の柔軟剤のようでいて、その人のことを際限なく信じてしまいそうな、不思議な匂い。

かつて一度だけ訊ねたことがある。

「小堀さん、ダウニー使ってるの？」

するとと小堀さんは鼻で笑いながらきっぱりと言ったのだ。

「そんなオカマみたいなもの、使う訳ないでしょ」


家に帰ると、食卓には不穏な空気が流れていた。

無造作にリビングに鞄を置いてダイニングの椅子に腰掛け、前方に座る父を見やると父は新聞に目をやったまま言った。

「ただいまぐらい言いなさい」

「ただいま」

私はそっけなく応える。

「まったく、男みたいだなお前は」

傍らで皿を洗う母の立てる音がいつになく大きい。おまけに今はやりのオープンキッチンだから、母の細々した表情まで垣間みえてしまう。

「私の人生って何だったんだろう」

母はため息まじりに言った。

それは、もう何千回も聞いた。よくもまあそんな、安いテレビドラマみたいなセリフが出てくるものだと思うが、中年女性の鬱積した気持ちを表すのには、案外シンプルな言葉のほうがふさわしいのかもしれない。一方、父はテレビの前で数十年は使っている孫の手を背中にはわせながら、吐き捨てるように答えた。

「俺はもう死にますから」

こちらも今まで幾度となく耳にしてきたフレーズだったが、今回ばかりはリアリティーがありすぎて皆一様に押し黙ってしまい、父本人ですらこれはいつもと調子が違うと気づいた風でテレビを消すと、そのまま二階に上がってしまった。

ドシドシと父が階段を踏みしめる音が聞こえる。男性が家にいるということは、こういう音色に包まれて暮らすことなのだろうか。やがてパタンと扉が閉まった。

「何、今度は」

私は母に訊ねた。

「なんか、知らない」

「知らない訳ないじゃない」

「なんか、知らない」

あんたは小学生かとこちらこそ馬鹿馬鹿しくなり私も部屋に戻ろうとした時、母がいよいよ我慢の限界とばかりに口を開いた。

「なんか勝手だと思わない？　結局病気になったのだって、あんなに辛いもの食べて、お醤油いっぱいかけて、じっとしないでゴルフばっかり行くし、すぐ付き合いがあるとか言って外食して。会社引退したおじさんに付き合いも何もあるわけないじゃないの。今回はやめとくって言えばいいだけのことなのに、違うのよ。あの人自分で企画してるんだから。そりゃ行かない訳にはいかないわよね。それで塩分高いもの食べて、私が癌になるわよ癌になるわよって散々言ってたの適当に無視して、あのすごい辛い中国人のなんとかさんがやってる麻婆豆腐食べたとかニタニタして帰って来て、挙げ句これでしょ？　おかしいわよ」

母の言い分は、ひたすら塩分の話に帰り着くようだった。彼女は本当のところ何に対して怒っているのだろうか？　父が自分本意に仕事と遊びに邁進してきたことへの怒りなのか、妻にやさしい言葉一つかけずに今日まで過ごしてきたことへの不満なのか、もしくは塩分なのか。

「それをお父さんにぶつけた訳？」

私は訊ねた。

「なんにもぶつけてないわよ」

明らかにぶつけた様子で母は言った。

「こないだ本屋で立ち読みしたけど、癌患者の人は傍目からはわかんなくてもすごい鬱症状を抱えてるから気をつけたほうがいいって」

私は言った。

「私こそが極度の鬱よ。四十年ずっと鬱」

そう言うと母は日頃から「これはすごい大切」と宣言している純白の皿を、ガチャリと音を立てて重ねた。

母には、もうこの世に両親がいない。母の母、即ち私の祖母は、母がまだ中学生の時に死んだ。そしてその死に方は、中学生だった母の心に深い傷痕を残した。美人で、おしゃれで、母の自慢の種だった祖母は、ある日ひどい風邪をひいて寝込み、往診に来た医者の注射一本であっけなく死んだのだ。それを、母は目の前で見ていた。それからまもなくしてやってきた祖父の再婚相手が、私が知るもう一人の祖母、京子《きょうこ》だ。京子おばあちゃんは、当時高校生だった血のつながらない娘があまりに不幸そうな顔で空を見上げるので、梅雨のある日、これで傘でも買っていらっしゃいと母に千円札を手渡したという。その時彼女が買ってきたのは、まるでそのまま葬式にでも行くような真っ黒な傘だったと、後に京子おばあちゃんから伝え聞いた。

やがて唯一の血縁である祖父も母が四十代の時にこの世を去り、その五年後に京子おばあちゃんも死んだ。さかのぼれば、母曰く「天使のようだった」実の弟も、三歳に満たずに病気で死んだのだという。だから母はことあるごとに言う。私の人生は、ずっと骨をひろってばかりなの。

「寝ます」

私は今度こそ二階に上がった。遠くで母が言った。

「パパが死んだら、私たち二人きりよ」

その晩、夢を見た。それは幼い頃から幾度となく見続けて来た、とある夢だった。私は顔の見えぬ男性と、辺り一面遮るもののない広大で美しい草原のような場所にたたずんで、強く抱き合っている。その強さは、この世のものとは思えぬ程の幸福感を私にもたらす。男性の首筋に顔を埋める私は深い海の底に抱かれているようで、間違いなくここに来るべきだったのだという安堵が全身を突き抜け、絶対にここから離れないと心に誓う。

そして、私はどうしても自分を抱きしめるその男性の顔が見たくなる。一度でいいから、顔を上げ、その男性が誰なのかと確認したくなる。やっと見つけた愛する人を、自らの目で見ておきたいと切に願う。そしてとうとう、男性の強い力に抗って身体をつき放し、その男の顔を見た。

するとそれは、父であった。

その瞬間目が覚めて、おぞましい寒気が身体を駆け巡った。いくら夢とはいえ冗談がきつすぎる。布団から外に出ることすら難しい。父が既に出かけていることを祈るばかりだったが、そんな日父は決まって家にいて、

「あんた今日仕事？」

などと暢気な口調で訊ねてくる。つい今しがた見た夢のことなど絶対に思い出すまいと自分を追い込むほど、あの深い幸福感が蘇ってくるのだ。これ以上の悪夢があるだろうか。私はインターネットで夢分析のページを開こうとして、すぐに止めた。

4

七月。成田空港の到着ロビーにやってきた兄の家族は、カラフルなＵＳＡの空気を漂わせていた。

二人の少女たちは、まるで死などこの世には存在しないかのような無邪気さで、上へ下へと飛び跳ねながら自動ドアの向こうから駆け出してきては、知った顔を見つけて大きく手を振った。

里菜と抱き合って喜ぶ父を後ろから眺めていると、

「じいじ元気そうだね」

と美奈ちゃんがそのぴかぴかの頬を輝かせながら言った。

「元気すぎるんだけど」

「いいじゃない、笑うと癌が消えるらしいよ」

そう言って美奈ちゃんは大きなお腹をさすると、「そっち行っちゃだめ、里香！」と大声で叫んだ。

常に周りの状況に目を光らせている長女と相反して、妹の里香は一日ゆうに二十回は叱られている。家族全員で朝六時半ぴったりに起床し、毎朝玄米と一杯の味噌汁を飲みながら仏門徒のように生活を営む両親に同じように育てられながら、この二人の姉妹はまるで異なる性格を持つ。だから二人を見る度に、人間には本当に「魂」と呼ばれる心の在り処が存在するのかもしれないと、つい考えあぐねてしまう。

「じゃあ、あとでね」

兄一家にしばしの別れを告げて、私たちは空港を後にした。

成田まで車で迎えに行くと言ったのは父だった。どうせ一台の車には全員乗り込めないのに、父はこのゲートでの再会を味わう為だけに成田まで迎えに行くのだと言って聞かなかったのだ。

「癌患者が車を運転って、まずいんじゃないの」

私は言った。

「馬鹿にすんなよ、癌患者を」

父は動じず、前の日からハンガーにかけてあった一枚千九百八十円のシャツを嬉しそうに着はじめた。

「まあ、ちょっと動いたほうがいいんじゃないの」

母は先ほどから手鏡を執拗に覗き込んでいた。身内を迎えに行くのに、何をそんなに気遣う点があるのか推し量れぬところではあったが、今日は二人が同じ目的意識を持って進んでいるので、よしとした。

成田空港の駐車場から車に乗り込み出発してしばらくすると、父がカチカチと左手でステレオをいじる音がして、まもなくして鳴り出した音は、幼い頃から繰り返し聞かされてきた妖艶なメロディーだった。誰だっけ？ これ、と私が訊ねると、助手席の母はこれあの人よね、と父に視線を送り、父は滑舌よく「ポール・モーリアだ」と答えた。好きなの？ と私が運転席を覗き込むと、好きだね、と父は今度は初恋の相手を思い出すように目を細めた。

こんな哀しい音楽を、なぜ父は好きなんだろう？ 午後二時の首都高に流れる音楽としては、あまりに淋しすぎる。

「これがかの名曲、『恋はみずいろ』だ」

父は誇らしげに曲名を紹介すると、そう言えば小さい頃からよく耳にしていたフレーズを鼻で鳴らした。いやだもう、昔っからこればっかりと母は不服そうに外を見ている。

窓の外には、いつまでも代わり映えの無いどんよりとした景色が不規則にループしていた。

つまらない街、と思う。よくこんなパッとしない街で三十年近く暮らしてきたものだ。味気ない事務椅子、パソコンに貼られた古い付箋、汗臭い満員電車。自分をとりまくものすべてが灰色でくすんで見える。私は恋人もおらず、父は癌で死んでいく。

雲で覆われた東京の空が、いつもよりずっと低く見えた。

私がしばらく休職したいと瀬尾に告げたのは、兄たちが日本にやってきてから一週間後のことだった。

父親が癌でそう先が長くないので休みたいと告げると、彼は眉間に皺をよせてうーんと唸った。

「あの、死ぬまでずっとという訳ではないんです。そもそもいつ死ぬかなんてわからないんで」

私が補足すると、彼の眉は益々中央に寄りついた。

「そんなに悪いの？」

「何をもって末期っていうのかよくわからないんですが、感覚的に言うと末期な気がします」

「母上は？」

「元気です」

「父上は介護が必要な感じ？」

「いえ、ぴんぴんしてます」

瀬尾は、いよいよこの言葉をかける時が来たという目をして、言った。

「お前が元気に働いてないと、親父さんもかえって心配するんじゃないの？」

瀬尾のこういう言葉の選び方は、嵐の前の静けさだ。

「これまであんまり家にいなかったんで、最後ぐらい一緒に過ごしたいかな、と思いまして。もし休職が難しいなら、一度というか……籍を抜いてもらっても構いません」

これではまるで離婚を迫る妻のようだと、自分が発した言葉に驚きながら、それでも私は続けた。ご迷惑かけて、本当にすみません。

すると瀬尾は、戦の前の儀式みたいに椅子に深くかけなおすと、言った。

「お前ね、俺は二十歳で父親交通事故で亡くしてるけどな、バイトだって一日も休まなかったよ。責任ってそういうことだろ。親父さんが病気なのはそれは同情するけどさ、お前子供じゃないんだからふやけたこと言うなよな。日本中見てみろ。親が癌だからってみんな会社やめてるか？　え？　だからオメーみたいのはオジョウチャマって言われんだよ。みんな親が死のうと子供が死のうと生きる為に働いてんの。生活の為に歯くいしばってんの。そういうなんかさぁ……いかにも博愛主義みたいなのかざされるとさぁ、俺みたいのはかえって腹たつよね。だって突っ込めねーじゃん。親の介護したいから仕事やめたいとか言われたらさ、それは偉いわね、お父様の側にいて差しあげてって言うしかねえよな。けど俺はそんなの反吐が出るね。人間みんな死ぬんだよ、それに順番があんの。子供が病気だっていうなら俺も考えねーことはないけど、今お前が言ってること、それは違うだろ」

ただ、黙って聞いていた。何度か目の奥がヒリヒリしたけど、堪えた。いつか、最高のタイミングで逆切れというものをしてみたいのだと常日頃思っているのだが、今回は勝ち目がない。瀬尾の説教は理屈が通っていて、おそらく私は根本的なところが、甘い。だから黙ってやりすごした。遠くで、かすかに救急車の音がしていた。

結局、瀬尾は口の端から泡を飛ばしながら最後まで持論を述べると、わかったよ、社長に言っとくよと言って私の休職を許可した。

会社を出て電車を乗り継ぎ、東京駅から逗子行きの横須賀線に乗り込むと、車内は人気がなく白い吊り革だけが電車の動きにあわせてゆらゆらと前後していた。

兄が転勤前に暮らしていた葉山の家は、今は空き家になっている。貴重な収入源として他人に貸すことも検討したが、結局は「他人に貸すと色々面倒だろ」という父の一声で、二年前から父自身がその借り主となった。その決断に母はさぞや驚くだろうと思ったが、いいじゃないそれいい感じ、と至って冷静に言いきった。

この夫婦もいよいよ袂を分かつのかと思った瞬間、父が言い加えた。

「今はやりの週末婚だな」

「そ、週末婚」

母の声も心なしか弾んでいる。二人の息のあった掛け合いに視線の先が落ち着かず、私はそのまま部屋に引きこもった。階下から、母の声がする。

「金曜ぐらいに合流して、葉山でご飯たべてもいいじゃない?」

「魚西行くか。いつだったか食べたじゃない、あの白子丼とか、ほら」

父がグルメガイドらしき本を本棚から取り出す音が聞こえてきた。

互いの距離を遠ざけた途端、こんなにもおだやかに関係を再構築出来るとは。私はどうにも落ちつかないまま二人を傍観することにした。

逗子駅で下車し海岸まわりのバスに乗り森戸海岸のバス停で降りると、風に乗って潮の匂いがかすかに漂って来た。見上げると、カモメだろうか一羽の海鳥が大きく空を横切っていくのが見える。前方の小高い山の上に小さく顔を覗かせた白い屋根の家、そこが近藤《こんどう》君の家だ。

近藤君は私より一つ年上で、海辺で生まれ育ったのにほとんど泳げない。だからサーフィンは出来ないのだが、かわりにこの世のものとは思えない美しいフォームでスキーを滑る。私が初めて近藤君と出会ったのは、スキーサークルの新入部員の勧誘で二泊三日のスキー旅行に行った際の先輩後輩という、極めてひねりのない間柄においてだった。

当時まだ、私は彼のことを「近藤さん」と呼んでいた。

近藤君は、不格好なウェアを着てゲレンデに並ぶ何人かの新入生を前にして、やさしく微笑む訳でもなく独り言のような単調な口ぶりで言った。

「スキー、楽しいですよ」

その温度の低さが、かえって彼への信頼度を高めた。そして今思えば、この時から私は強く激しい物言いをする人間から遠ざかる傾向があったのだと思う。好きなものを力の限り好きだと語り、嫌いなものを徹底して糾弾するために声をあげる人間よりも、静かに、ささやくように「それ」に向かいつづける人が好きだった。近藤君が口にする「楽しい」という言葉は、他の人が言うどんな大げさな言葉よりもまっすぐな強さを含んでいて、すっかり参ってしまった私はその場で入部を決めてしまったのだった。

その年の冬のシーズンまでは、続いただろうか。入部の理由も安直なら、辞めていく時も実にあっさりとしていた。いつのまにか同じサークルのメンバーが集まるカフェテリアに顔を出さなくなり、次のシーズンに向けて新しい道具を買い揃える意欲もなく、私は雪の中にいるよりも自然と映画館に足をむけるようになった。やがて半ば自然消滅的に、それでも部長にはそれなりに理由をこじつけて退部の意思を伝えると、髪を長く伸ばした女性の部長はまじまじと私を見つめて言った。

「ひとつのことを最後までやり続けると、社会人になった時に役に立つのよ」

私よりわずかばかり年上で、男性を押し退け組織の長となったその女性は、私の将来を深く案じているという風に言った。

「……すみません」

「何か他にやりたいこと、あるの？」

「まだしっかりとは……」

「次にやりたいこと、決めてからじゃ駄目？」

部長はなぜ、このたいして部に貢献しそうもない、とりたてて特徴のない私を熱心に引き止めるのだろうか？　まるで引き止めることが青春の最大の勲章みたいに、彼女は執拗に私を留保した。しかし私は、彼女が引き止めれば止めるほど、底意地の悪いげんなりした気持ちが後から後から湧いてきて、ここから一目散に逃げなくてはと更に心が遠のいてしまう。

「本当にやりたいことを考える為に、他のことに時間を使いたいんです」

私は苦し紛れに答えた。

「教えていただいたことを無駄にしないように、頑張ります」

「じゃあ仕方ないね。でもみんなにはちゃんと挨拶したほうがいいわよ。今後の為にも」

部長はどこまでも私の将来を慮る姿勢を崩さなかった。

一方近藤君はあいかわらず淡々と練習をこなし、雪が降れば滑りますよという風な、実にわかりやすい姿勢を貫いていた。

「お世話になりました」

シーズンが始まる直前、部室の前で見かけた近藤君に私は言った。

「なんで、辞めるの？」

彼は訊ねた。それが近藤君から初めて聞く疑問形の言葉のような気がした。

「特に理由はないです」

今度は正直に言った。

「しぐさっぽいね」

近藤君はそう言って、ちょっと笑った。その貴重な笑い方がもう見れないのかと思うと、サークルを辞めることを初めて少し後悔した。

それから卒業までの三年間、近藤君と話すことはほとんどと言っていいほどなかった。時折廊下ですれ違っても、なるべく挨拶しなくて済むように彼を避けた。近藤君にとって私はもう、彼のまっすぐな学生時代というレールの上からもれ落ちた、消しゴムのカスみたいなものなんだろうなと感じて、そう思うと決まってみじめになって、ますます近藤君を遠ざけるようになった。

近藤君と再会したのは、卒業して更に三年程が過ぎた頃のことだ。

逗子駅の近くにある地元で有名なパン屋で、食パンやらロールパンを食い入るように見ていたら、近藤君が店の中に入ってきた。

「あ」と私が間の抜けた声を出すと、近藤君も「お」と言った。

そうしたら狙っていた最後のアプリコットタルトを、隣にいたおばさんにがっつり取られてしまって、私はよほど残念そうな顔をしていたのだろうか、近藤君はそのなつかしい静かな面持ちで微笑むと、食パンだけを迷わず手にとり会計に並び、後ろをふりかえって私のものも一緒に置くよう指差した。

いいです、いいです。ぶるんぶるんと首を横に振る私からトレイを奪い取り、近藤君は「これも一緒に」と商品をレジに差し出した。その姿は、「スキー、楽しいですよ」と言った近藤君とひとつも変わっていないように見えた。

パン屋を出て、二人して逗子駅までの道を歩きだすと、近藤君が訊ねた。

「地元ここだっけ?」

「兄が葉山に住んでて、時々遊びに来るんです」

「葉山のどの辺?」

「森戸海岸のユニオンの裏手です」

「俺の家と、めちゃくちゃ近いじゃん」

そのことは、既に知っていた。兄がここに家を買った時、一目散にサークルの名簿を引き出しの奥から探し出して、近藤君の住所と照らし合わせていたから。こういう時の手際は父ゆずりなのだ。

「ユニオンあるのにここまで来るんだ」

近藤君がなんだか毎日会っている相手みたいなローカルな話ばかりするので、

「それより、近藤さんすごい久しぶりですよね？」

と私が切り出すと、彼は少しまじめな面持ちになって言った。

「しぐさ何月生まれ？」

数年ぶりに呼ばれたその名前にドキリとしながら、ああそう言えば近藤君は私の下の名前を呼ぶ唯一の人だったことを思い出した。

「四月ですけど」

「俺三月だから。一ヶ月しか違わないから、敬語やめて。近藤さんとかも言わなくていい」

はい？　と、私は上ずった声で聞き返した。

「近藤君でいいよ」

近藤君の言うことはふいをつきすぎていて、その意図するところがあまりにも見えなかった。

無理です。出来るって。いや先輩ですから。じゃあこれ返して。何度か押し問答が続くうち、近藤君は一度手渡してくれたパンの袋をするりと抜き取ると、ずんずんと足早に進んで行った。

「やだ、返して」

そう言って追いかけた私の顔は、多分年甲斐もなく赤かったと思う。


それから私たちは、ひと月かふた月に一度、私が兄の所にいく機会を半ば口実にして葉山や鎌倉の街を歩くようになった。近藤君は私が話題を振らないとひどく長い沈黙を続けるものだから時々息がつまってしまうんじゃないかと思ったが、近藤君と歩く道はいつでも穏やかで、私は何も迷わなかった。でも一方で、鎌倉の赤い鳥居も葉山のデニーズも、近藤君と歩く道はいつも夕暮れみたいな寂しさが同居していた。いつまでも続かないよ、と誰かが耳打ちしているような。

私は近藤君を好きなのだろうか？　と思うようなことは、一度もなかったのだ。

そんなことを定義するのはまったくもって子供じみていると、私が言うより先に近藤君に言われてしまったからかもしれない。

「近藤君って、結婚したらしゃーしゃーと不倫するタイプだよね」

と言ったら、

「しゃーしゃーって何だよ」

と近藤君は眉をひそめた。

「あれが俺んち」

白い屋根を指差した近藤君の手は、びっくりする程大きかった。

「ご両親と住んでるの？」

私は訊ねた。

「父親と姉ちゃんと。母親は死んだ」

彼がそう言ったあと本当に恥ずかしそうに笑ったのを、今でもよく覚えている。

やがて私の仕事がたてこみ月に一度葉山に行く時間さえ作れなくなると、絵文字の入った気の利いたメールの一通も送れない私たちは、どちらからともなく疎遠になっていった。そして近藤君は、建築の勉強をする為にオランダの大学院に行ったということを、風の便りで聞いた。その時初めて、近藤君は建築に興味があったのだということを、私は知った。


あれから二年が経った。近藤君は、もうオランダから帰国しているだろうか？

出来ることなら連絡をとる手段が何一つなければいい。携帯番号も変わり、自宅の番号も知らず、メールアドレスも紛失して、共通の友人さえいなければいい。でも残念ながら、私はそのすべてを備えていた。それにきっと近藤君は、携帯番号も変えていないだろう。彼は何かをたやすく変える人ではないのだ。それが一見いつでも手に入るものに見えても、一度手に入れたものをやすやすと手放す人ではない。

近藤君の家から視線を逸らし、私は兄の家へと急いだ。

兄の家の扉をあけると、二人の姪っ子が放つ甲高い声が響いてきた。父の病気がわかって以降、この扉をあける度に漂ってきた死の匂いは、子供たちの笑い声で一瞬にして吹き消されたようだった。急いで靴を脱ぎ、居間へと向かう。

「あ、しぐさちゃん」

里菜が手をとめた。

「しぐさちゃん」

里香もオウムのように姉の言葉を繰り返すが、こちらは手元の粘土が気になって視線を上げようとはしない。

「おかえり」

美奈ちゃんがにっこりと微笑んで言った。ただいまと言って荷物を降ろし、私は仕事帰りのおじさんみたいにドスの利いたため息をついた。

「仕事、忙しいの？」

「今はそんなでもない」

「やりたいことできてる？」

そう訊ねる美奈ちゃんの目が輝いていた。やりたいことなど入社以来何一つ出来ていなかったけれど、まああかなと言ってお茶を濁した。美奈ちゃんに何を言っても、宇宙規模のポジティブシンキングで返されることを、私は知っているからだ。

美奈ちゃんは言った。

「ちょっと質問なんだけどね、しぐさちゃんさ、プールとか温泉の脱衣場にいると、どんな気持ちがする？」

かなり角度のついた質問だと思った。少なくとも、久々に交わす身内の会話としてはあまりにも放り投げすぎている。

「どんなって、どういう意味？」

「なんだか哀しい気持ちとか、グズグズした気持ちになる？」

美奈ちゃんの勢いは止まらなかった。

「うーん、なんだか、ちょっと、じめっとしたような、そうだな……あんまり気持ちがよくはないかな。出来れば早くそこから出たい。でもなんだか、出たくないような気も……」

「やっぱりね」

あくまで適当に答えたのに、美奈ちゃんは心底満足そうな顔を見せた。

「私もね、小さい時からそうだったの。なんだかプールとか温泉で、あの濡れたタイルとかじめじめした脱衣場にいると、ものすごく哀しくなってね、心臓がぐわっと掴まれて、泣き出したいような気持ちになることがあったの。それを大人になってもずっと不思議に思ってたんだけど、この前子供たちをプールに入れながら、急にわかったんだよ」

美奈ちゃんはそこでひと呼吸ついた。

「何が……わかったのかな」

「それはね、生まれてくる哀しみなんだよ」

美奈ちゃんは渾身の力を込めて言った。

「生まれてくる哀しみ」

そう繰り返しながら、この話を私以外にも誰か聞いているかなと辺りを見回してみたけれど、近くに家族は誰もいなかった。

「そう。赤ちゃんがね、お母さんのお腹の中にいて、水の中を泳いでいるでしょ。

でも生まれる時に細くて暗い道を通って、この世に出てくる訳じゃない。ああ出来ればこのままここにいたいな。外に出たら、いっぱい辛いことあるかもしれないしな。このままチャプチャプやってたいのにって思いながらも、命がけでその道を通ってくるじゃない。それでついに出た時の、まだ体中が濡れている感じ。出ちゃったけど心はまだ水の中にあって、その中途半端な感じを、プールとか温泉の脱衣場にいると思い出すんだよ」

美奈ちゃんはそこまでを一気に語った。

「美奈ちゃんそれ、ずっと考えてたの?」

「そう。ずっと不思議だったの。でも子供を産んで、子供を通じてわかった。そしてそれが私一人の感覚じゃなかったって今知って、なんだかすごく嬉しい」

そう言って美奈ちゃんは再び満面の笑みを浮かべた。

美奈ちゃんがこういうスピリチュアルな話をするのは今日に始まったことではない。それは根本的に皮肉屋に出来ている私たち家族を度々驚愕させるのだが、本人は至って真面目で心底楽しそうに太陽と月の動きなどを壮大に語り続ける。その上良妻賢母で運動神経が並外れているときたものだから、どの方面から突っ込んでいいのかわからない。そして私が何よりも驚くのは、現実こそわが命と書かれたマントを四六時中身にまとった夫である兄と美奈ちゃんが、学生時代からの付き合いを経て以来、完璧なつがいの形を崩していないことだ。

美奈ちゃんは、両手でこめかみを押さえる私にまったく臆することなく、この本もう読んだからしぐさちゃんにあげるねと言って『愛の言霊が教える神秘の力』と書かれた単行本を差し出した。

その時、隣室から子供たちの甲高い笑い声が聞こえてきた。先ほどまでここにいた二人はすでに遊びに飽きたのか、父が横になっていた和室に移動して遊んでいるようだ。和室をのぞくと、二人の傍らには、ぽっかりと腹の出た父親が、これから解剖されるマグロのようなぶざまな姿で横たわっていた。

「何してんの？」

私は訊ねた。

「ドクターごっこ」

里菜が答える。

「じいじの病気をなおします」

里香がおもちゃの注射器を父の腕に勢いよく刺した。

「いたー」

父は大げさにおどけてみせる。

「がんばって下さい、これでじいじの病気はなおります」

「がんばって下さい」

二人が交互に声をかけるので、どちらが医師でどちらが看護師なのかもわからない状態だ。

「治りますかね？」

父が横目で訊ねる。すると里菜が答えた。

「うーん、ちょっとすぐは難しいですね」

「ではとりますよ。はい、チーズ」

里香が手にしていた子供用カメラのボタンをカシャリと押した。

「CT撮るのに、ここのお医者さんは『はいチーズ』って言うんですか？」

父が笑った。

私も、母も、声をききつけてやってきた兄夫婦も、姉夫婦も皆が笑った。今はこうして笑っておくべきだと、しめしあわせたかのように。

姪っ子たちが日本に来て三週間後、あじさいの花が茶色に劣化をし始めた頃、父はいよいよ抗がん剤の治療に向け検査入院することになった。十日間に亘る入院で体中を徹底的に調べ上げ、どこまで抗がん剤を投与出来るかの指針を出すことが、入院の目的だった。

入院前日、今晩は鎌倉で食事をしようか、とめずらしく父が切り出した。ここのところ心無しか食欲が減ったらしい父から出た、意表をついた提案だった。

父の癌がわかってから、私は癌に関するあらゆる本を読みあさっていた。もともと、仕事柄ひとつのテーマについて短期間で調べ上げ、ある程度の知識を投入しなくてはならない私に、比較的その作業は向いていた。読めば読む程父の状態は厳しいものだということが素人ながらもわかって来たけれど、何冊かの本に塩分を徹底的に排除すべきと書かれていて、気休めだろうと言いながらも母と私は幾分その方針にこだわりつつあった。だから必然的に今回の外食も、駅から程近い場所にある自然食の店を予約することに決めた。

店を予約する際、私はおそるおそる店主に訊ねた。

「家族の中に治療中の者がいて、塩分を極端に控えてるんですが、そういうメニューは作っていただけますか？」

電話口の女性は、ほんの少しだけ間を設けると、おだやかな口調でこう聞き返した。

「失礼ですが、どういったご病気でしょうか？」

一瞬、本当のことを言うべきかどうか言葉につまったが、ここまできたら仕方がないと腹をくくった。

「癌、なんですが……」

「わかりました。出来るだけお塩を使わないように、厨房に指示を出しますね」

店のオーナーらしきその女性は、特別声色を変えることもなく淡々と結論を告げた。

こうやって、父の病気は本物になっていく。家族の中だけの小さな秘密は、社会との関わりの中で真実味を帯び、具体的になって、もう引き返せないところへと向かっていく。それでも、「そんなことは出来ません。こちらにも味の基準がありますので」と言われるよりはずっとよかった。父を伴った外食など、あと何回出来るかわからないのだから。

夕方の六時半、訪れた店先には小さな蠟燭が無造作に並べられ、炎が不規則に揺らめいていた。古民家を改装した吹き抜けの店内は薄暗く、心地よい音量でジャズがかかっている。テーブルにつくと、奥から自然食の店にはどう見てもふさわしくない、入念に身体を鍛えあげた若い男性の店員がやってきて、お塩のことオーナーから伺っていますと、水の入ったグラスとおしぼりを人数分テーブルに置いた。父は卓上のおしぼりを手にとると丁寧に眼鏡をはずして顔をくまなく拭き取り、それを見ていた母は、この人は私の夫ではありませんと言いたげな表情で首をすぼめた。

「すみませんね、無理言って」

父がはにかんだように笑う。

「いえいえ、出来る限りですが、素材の味で調理しますので」

この人もまた、目の前の家族の小さな秘密を知っている。

「このお店、あなたが調べたの？」

店員が立ち去ると、父は私に訊ねた。

「そうよ」

「どうやって？」

「ネット」

「インターネットのこと？」

「そ」

「最近そればっかりね。会社の若いのもさ……若いのばっかりじゃないな、割合年いってるのも、机にじとーっと張り付いて、営業に出ないんだよ」

「まあ、そういう仕事の仕方もあるんじゃないの」

「そりゃそうだけどさ。そういうのに限って会議の資料がちゃんと用意できてなかったりさ、頭くんだよね」

父は、何よりも段取りを重んじる。会社員時代にその性格が役立ったことは認めるにしても、今でも時折その名残を家庭に持ち込んできては、堅苦しさに家族が辟易することが幾度もあった。先週も、子供たちをサファリパークに連れて行く計画を立てていたら、父は当日のタイムスケジュールを想定して作成したワードのメモを持って来て兄に見せた。そこには、集合時間から実際に車が発車するまでのタイムラグまでもが完璧にシミュレートされていたらしく、兄は「親父怖いよ、会社じゃないんだよサファリパークは」と言ってその紙を父に突き返していた。

やがて先ほどのマッチョな青年が料理を運んできて、テーブルに色とりどりの皿が並んだ。

「うん、美味しい」

父はゆっくり箸を動かしながら、言った。子供たちは、

「じいじだけ、なんで違うの食べてんの？」

と美奈ちゃんに問いかけている。

「じいじはね、なるべく自然のままのものを食べて、身体の中を綺麗にしてるの」

美奈ちゃんは彼女らしい回答で子供たちをなだめた。

運ばれてきた食事はどれも繊細かつひかえめな味で、かつての父に言わせれば、パンチがないなと眉をひそめるものばかりかもしれない。それにも増して、父のもとに運ばれてくる食事は皆塩分がほとんど含まれていない。父は最初に言ったきりもう美味しいとは言わなかったが、それでも最後まで食事をたいらげると、満足そうに両手を組んでフーっと大きな息をついた。

会計は、父が全額出すと言って譲らなかった。兄と義兄が、いやうちの分だけでも出しますよ、なに言ってんのいいんだよここは、などと押し問答があって、結局父が全額支払った。

カウンターでカードを出す父の背中に、記憶が蘇った。私の初任給が出た七年程前、家族全員で食事に行った時のことだ。あの日は確か、母の誕生日だった。孫も

含めめずらしく全員が揃ったその場所で、私は人生で初めて皆に奢ろうと固く決心していたのだ。これまで、年の離れた姉弟に随分水をあけられてきたけれど、私だってちゃんとお金をもらっているんだ、社会人なんだというところを、皆に見せつけたかった。

食事を終え、父がいつものようにカードを出そうとすると私がハイと勢いよく挙手をした。何事かと目を丸くする家族を前に支払いを宣言すると、兄はそんなのやめとけ、気持ちだけもらっとくから、かっこつけなくても大丈夫だからと私の出鼻をあっさりくじいた。そうだそうだ、無理すんなと皆が兄の意見に従って、せっかく意気揚々と支払いを申し出たのに、なんとも惨めな結末を迎えそうになった時、父が言った。まあいいじゃないか。しぐさがそう言うんなら、今日は有り難くそうしてもらおうじゃないの。

やがてカードを受け取りに来た店員は、ほんとうにこちら様からでよろしいでしょうかと不安な表情を浮かべながら家族を見たが、皆がそうだと頷くので、やがてにっこりと微笑んで私からカードを受け取った。

その日は、東京にはめずらしく満天の星が出ていた。帰り道、皆で空を見上げながら星座の名前を宇宙に言い放っていると、傍らの父が宇宙を見上げたまま言った。

しぐさに奢ってもらえる日がくるなんて、思ってもいなかったな。

その時私は、皆が高いワインを飲まないでくれてよかったと、心底胸をなでおろしていた。


食事を終え店を出た時、時刻は既に九時をまわっていた。駐車場までの道のりを夜風に吹かれながら皆で歩いていると、どこからともなくジャスミンの香りが鼻先をかすめてきた。

「いい匂いね、パパ」

母が言った。

「なんにも匂わん」

父は鼻をわざとらしく突き出した。

子供たちはいまだ治らぬ時差ボケからか既に千鳥足で、目は半分閉じかかっていた。もう歩けないとぐずる様子を、父が愛しそうに横目で見ている。

「ねえ」

私は声をかけた。

「うん？」

父が不機嫌そうに答えた。せっかく幸せな世界に浸っていたのに、と言わんばかりに。

「ほんとにやるの？　抗がん剤」

「何を今更」

「副作用強かったらどうするの？」

「やってみなきゃわかんないでしょ」

父の表情からは明らかに不快な感情が見て取れたので、これ以上は言わないことにした。父は父なりの美学にのっとり、この治療を決めたのだ。それをわかったように口を挟んではいけない。

寄り添うとは何だろう？　その時私の頭にぼんやりとよぎった。あらゆる点において、家族の中に癌患者がいるということは私の想像の範囲を超えていた。急によそよそしくするのも憚られるし、甲斐甲斐しく接すれば父のプライドを傷つけてしまう。

私たちが三十年以上かけて築いてきた関係性の中を易々とカイクグって来た、癌という生き物。たくみに形を変えながら、家庭のひずみの中を這い回るいやしき細胞。それは何を知らしめる為にこの家にやってきたのだろうか？

夜風が頬をなぜていた。

「あともう少しだから頑張って歩こう」と子供たちを諭す兄夫婦の明るい声が、背後から聞こえた。

5

瀬尾からたまには会社に顔を出さないかという暗黙の呼び出しがあったのは、兄たちがアメリカに帰国した直後の八月のことだった。すっかり自由な生活に慣れきっていた私は、その電話を受け取ると一瞬胸が鼓動するのがわかった。

翌日の午後、東京行きの横須賀線に乗り込むと、何人かの客が弱冷房の風に吹かれて気持ちよさそうにうたた寝している。こんな時間に乗っているのだから、サラリーマンではないだろう。けれどその中年男性も、反対側に座る若い女性も、数日ぶりに眠りましたと言わんばかりの深い眠りの中にいるようだった。私もついこの間までは、彼らと同じように電車をホテル代わりに使っていたものだと思い出し、ほのかな連帯感を覚えた。

一ヶ月ぶりに訪れた職場は何一つ変わっていないように見えたが、わずかな間に自分の居場所はどこにもなくなってしまったような気もした。先ほどから忙しそうに仕事の電話に追われていた瀬尾は、電話を切るなり言った。

「横に伸びた？」

「伸びてないですから」

私がつとめて冷静に切り返すと、

「これってセクハラちゃん？」

瀬尾はそう言って頭を掻いた。この感じ、しばらく忘れていた。

「親父さんの具合、どうだ？」

「隔週で通院して治療してますが、おかげさまで抗がん剤の副作用もなくて、今のところ元気です」

「そうか、それはよかった」

瀬尾は持っていた携帯電話を開けたり閉めたりしながら、再び話し始めた。

「藤田さ、ちょこっと単発の仕事するつもりない？」

胸の奥で何かがカタンと音をたてるのがわかった。

「今度神戸にドイツからドキュメンタリーの撮影隊が来るんだよ。社長がそのドイツ人のディレクターと古い知り合いでさ、手伝ってやってくれって言われて。なんとか通訳までは手配できたんだけど、知っての通り俺たちは毎日ロケで時間割けないしさ。コーディネーターというか、まあ取材の手伝いだ」

「いつからですか？」

「来週の木曜から二日間。その後彼等は京都に移動するらしいけど、そこから先はもう別の手伝いがいるらしい」

二日間、と私は呟いた。

「厳密に言うと、木曜の昼に集合して、翌日の昼には解散だ。彼等の行きたい場所アレンジして、取材許可取って、昼飯やなんやら手配して、それぐらい。そのまま観光でもしてきたらどうだ？」

そう言うと瀬尾は首にかけていた手ぬぐいで噴き出る汗をぬぐった。今日の瀬尾は、何かが違う。

「わかりました。行きます」

私は言った。

「あそう。じゃあ、メールとか色々転送するから、あとよろしく」

瀬尾はそう告げると、あーほっとしたと言って椅子の背もたれに寄りかかった。

たった二日の仕事を今ここで断る勇気は到底なかったし、実のところ私は焦っていた。一体いつ、私は父の看病という大義名分を捨てて元の生活に戻るべきかを。

一向に体調に変化のない父の様子を傍らで見ながら、私は日々川縁の月を眺めて物思いにふけるだけで、なんら人に胸を張れることはしていなかった。自分がよく、わかっていたのだ。父の側にいたいなんて、本当はそんないじらしいこと思ってないくせに。父と最期の時間を過ごせないことではなく、この身をすり減らすような仕事に埋没しながら臨終の時も立ち会えず、後悔に向かってまっすぐに進んで行く、それが嫌なだけなのに。

このままでは腐ってしまうと、せめてもの自分への言い訳にドキュメンタリーの企画を何本か書き上げテレビ局に提出したのは、つい二週間前のことだ。しかしそれは、すべて採用されなかった。提出した企画の内一本は最終のプレゼンまで残り、広い会議室で十数人の社員に向かって熱弁を振るってはみたものの、誰一人私の話など興味がないのがありありと伝わって来て、最後には憎まれ役担当のような番組プロデューサーが会議机に身を乗りだして、それ今やる意味あんの？　と勢いよく言い放って終わった。

時刻は五時半を指していた。

「飯でも食いに行くか。せっかくここまで来たんだから」

瀬尾はよほど機嫌がよかったのだろうか、めずらしく私を会社の外に連れ出した。

会社にほど近い焼き鳥屋で、瀬尾はここ最近身の回りに起きた様々な出来事を語り出した。最近行ったロケでの出来事やついこの間仕事をした芸能事務所の裏話、果ては瀬尾の学生時代や九州に住む家族のことにまで及び、それは予想外に私の気持ちを明るくさせた。

辺りをぐるりと見回すと、仕事を早めに終えたサラリーマンたちが、煙草と焼き鳥の煙に包まれながらしごく居心地の良さそうな笑みをたたえていた。ここは、かつて父がいたはずの場所だ。

「藤田はなんていうか、ごちゃごちゃごちゃしすぎてる」

瀬尾は顔を真っ赤にして何杯目かのビールを流し込んだ。

「ごちゃごちゃ？」

私は言った。

「そう。ごちゃごちゃしてる。いろいろ」

いつものように、はあ……と相づちを打つ私を前にして、瀬尾は軟骨の唐揚げをポンと口に放り込んだ。

「でも、女のほうが元気よね、色々」

私は顔を上げてそうですか？　と言った。

「会社みてみ。女ばっかじゃん。こんな業界、一昔前は女なんかひとっこひとりいなかったし、いても性別不明な感じだったよ」

瀬尾がビールもう一杯と店員に注文し、私は気づかなくてすみませんと小さく首を上下させた。

「なんなの？　男は去勢されちゃったの？」

いやあ、そんなことはないでしょうと私は言う。

「あれだよね、これからは女の時代って、ほんとかもね。元気ないもんね男はさ。面接したって、採りたくなるの女ばっかかよ、ぶっちゃけ」

瀬尾はすぐに届いた生ビールに再び口をつけた。

男に元気がない、女は元気で優秀だ、これからは女の時代になるだろう。昔から幾度となく聞いて来たその言葉。とりわけ「おじさん」と呼ばれる世代の男性が発する空虚な女性礼賛の言葉を耳にするたび、心のヒダがわさわさと揺れる。手放しでは喜べない。なんだかまるで、食べ残しのフライドポテトを目の前に投げられた野良犬のような惨めな感覚がつきまとって、ならばまだ女は生意気を言うなという父のほうが潔く感じるのはどうしてだろう？　そしてもしかしたら、こういうところが瀬尾の言う「ごちゃごちゃ」しているところなのかもしれないと思いながら、アハハと笑った。

「お前はなんでこの仕事やってんだ」

瀬尾の話はまだ続いていた。私はここで何と答えるべきか、どう返答するのが模範解答か考えを巡らせながら、それでも本当に思っていることを答えてみようと思った。今日みたいな日には。

「映像が好きなんですよね、結局。映像って、他にはない力があると思うから」

「お前は、今それ出来てるの？」

「今は出来てないかもしれないけど、いつかは」

「その力って、具体的には何なのよ？」

先ほどからめずらしく私の言葉に耳を傾けようという様子が瀬尾から見てとれたので、私は続けた。

「この世界にひとりぼっちなような気がして眠れない夜とか、なんでこの家の子に生まれたんだろうって恨めしく思った日とか、たいくつな街に暮らしてて、ああもっとパーって明るい場所へ行っちまいたいな、でもお金もないしそんな簡単に引っ越したり出来ないよね、きっと親にもガタガタ言われるしってもう何もかもふさがっちゃった時、何かの拍子に出会った映像がふっと寄り添って、一緒に旅に出てくれるような感覚が、きっとどこかにあると思うんですよ」

うんうんと瀬尾が頷く。

今は色々企画出しても、それは少数派だろ、視聴率取れないだろって言われるけど、周囲には興味もってくれる人もいて、その自分のやりたいことを受け入れてくれそうな人たちと、「マス」ってものの間に横たわってるものが何なのか、時々わからなくなるんです。でもそれって、もしかして自分たちが勝手に作ってる壁かもしれないし、マスと言われる人たちがそもそも欲しいなんて思ってもみなかった新しいものを提示することも、私たちの仕事のような気がするんです。売れない、求められてないって、シャッター下ろしていくんじゃなくて、こんな店があったんだって思われるように店側が何かを努力して突き詰めていかないと、結局商店街自体が潰れてしまうっていうか。

私は一気にまくし立てた。

するとここまでじっと聞いていた瀬尾は、座っていた小さな木製の椅子に深く座り直すと、お前ってもしかして結婚式とか派手にやりたいタイプ？　と不思議そうに訊ねた。

じゃあとよろしくね、俺明後日からベトナムロケ行っちゃうから。帰り際、瀬尾はそう言ってヒョイと手をあげるとあっという間に人混みの中へと消えていった。私は、はいっと軍隊みたいに答えて、瀬尾の背中を見送った。

地下鉄の駅から電車に乗り東京駅で降りると、そのまま小堀さんの店を目指した。無性に、小堀さんに会いたかった。

店のドアを開けると小堀さんは二人組のサラリーマンを接客中で、私を見るなり「あら」とだけ言ってすぐに客のほうへ向き直った。私はなんだか子供のように寂しくなり、カウンターの一番端に腰掛けると、テレビのほうをむいてじっと押し黙った。

しばらくして小堀さんは二人連れに、ちょっとごめんなさいね、と告げ私のもとにやってくると、何すねてんのいい年して、と相変わらずドスの利いた声で話しかけてきた。

「別にすねてなんかないよ」

私が言うと、

「あんたも結局、末っ子のかまってちゃんなのよね」

小堀さんは言った。

「カシスソーダ下さい」

勝ち誇ったように私が言うと、

「そんなのアルコールのうちに入らないわよ。このガキが」

と小堀さんは顎を突き出して応戦した。

小堀さんの奥さんは、どんな人だったのだろうか？　その時ふと、思った。

以前、小堀さんに奥さんがいたことは聞いていた。確か、私が仕事でものすごく嫌なことがあって泣きついた時、小堀さんはなぜか私の怒りに同調するようにすごい量のお酒を飲み、いいわもう今日は店閉めるわ、どうせ加齢臭のする奴らしか来ないんだからなどと言いながら、電車がなくなるまで懇々と話してくれたのだ。昔、結婚して子供を儲けたこと。奥さんは大人しい人で、そんなに文句を言うタイプじゃなかったけど、子供が小学生になった頃から急に変わりだしたこと。

私きっと疲れちゃったのね、と小堀さんは言った。

それ以上小堀さんは話さなかったし、私も聞いてはいけないような気がして、そこで話は終わった。いつのまにか私の愚痴は小堀さんの過去の記憶に変わり、人を励ますことは、こういう風に自分の痛みに置き換えることでしか成し遂げられないのではないかと、その時私は思った。

「小堀さん、元気そうだね」

私は皮肉めかして、でも嫌みにならないよう気をつけながら言った。

「元気よ、元気にきまってるじゃない。どこを探せばこれ以上落ち込むことがある訳？」

小堀さんは隣の客に聞こえないように少しだけ小さな声で話した。先ほどから、二人連れのサラリーマンは豪快に笑いながら空っぽになったグラスを小堀さんのほうに向けるとせせら笑うようにその手をゆらゆらと回していた。

「あらいやだ、ごめんなさいね。小娘と話に夢中になっちゃって。昔の私に戻ったのかしら」

小堀さんは二人のもとへ歩み寄ると、もうそれぐらいにしといたら？　と彼等をたしなめた。

「小堀ちゃんもそんな時代あったんだ」

小太りのほうの男が笑った。

「当たり前じゃないの、馬鹿にしないでよ」

小堀さんがかわすと、髪が耳までかかった長身の男が、

「うらやましいねー。一粒で二度美味しいわけだー」

と笑った。小堀さんも、一緒に笑う。

しばらくして二人組は席を立ち、小堀さんが告げる会計に「たけぇな」と呟きながら千鳥足で店から出て行った。小堀さんは二人を店の外まで見送ると、やれやれという顔をして扉を閉め、ため息をひとつついて私の隣に腰掛けた。

「客商売も、つくづく嫌になるわこのごろ」

小堀さんは言った。

「どうして？　そんな弱音言ったことなかったじゃない」

私は言った。

「この店、小さくてしょぼい割には、ちょっと見世物小屋的な人気があるじゃない？　まあ、たいがいが私を目当てに来る訳よね。女装のマスターお手並み拝見って。私もそれで食ってる訳だから当然そこに異論はない訳だけど、何か最近、客の質が落ちたっていうか……」

「質が落ちた？」

「そう。なぜだか最近の客ってさ、インテリぶってるのよ」

インテリ……と私は呟いた。

「そういう奴らって、私みたいなのにものすごく理解がある顔して近づいてくるの。僕は何もゲテモノ見に来た訳じゃありませんよ。いい大学出ていい会社勤めてますけど、こう見えて僕そういう偏見ないんです、キャパシティー広いんですよ。もちろんそういう趣味はありませんけど、だからって石投げるようなそんな輩と一緒にしないで下さいよ。そんな紳士的な笑顔浮かべてやってきてね、ほんとは腹の中でえげつないこと考えてるのよ」

「えげつないって？　この化け物、とか？」

例えが悪かったかなと、一瞬後悔した。

「そうじゃなくてね、本当は自分が差別主義者だって気づいてないところが、えげつないのよ」

はあ……と、私は首を傾げた。

「人の見た目なんて関係ない、学歴なんて関係ない、男が女装してようと関係ない。自分たちみんな地球人！　みたいな顔して近づいて来るけど、自分の家族にこんなのいたら容赦なく火あぶりにするのよ、そういう奴らは。差別に無自覚な分だけ、振れ幅が大きいんだから。友達がそういう目にあってボロボロになってる姿、私たくさん見て来たもの」

「でもそれは、インテリとかそういうこととは関係ないんじゃないの」

「つまりさ、彼等はインテリかぶれなのよ。なんちゃってインテリ。でもほんとのインテリは、静かだからね。黙ってるの。あーだこーだわかったようなこと言わずに、自分の持ち場でただ黙々と仕事するからね」

「というと？」

「本物のインテリは、そもそもこの店には来ないのよ」

小堀さんは、そこで何かを思い出したようにチっと舌をならした。

「とにかくね、根本的に向いてないの。どんな相手にもあわせんの」

「でも小堀さん営業マンだったんでしょ？　売り上げよかったって言ってたじゃない」

「営業マンと水商売は別。それにあんた、営業マンったって、酔っ払い相手にミシン売ってたんじゃないんだから。医者相手に最新の薬売りこんでたんだから、一緒にしないでよ」

小堀さんの持論は、まるでこの店の主が自分ではないようなチグハグな言いようだった。

じゃあどうしてやってるの？　この店を、と私が訊ねると、小堀さんは目を見開いて、生きる為にきまってんじゃないと言いながら私の頭を小さく叩いた。ふーんと口をとがらすと、何どうでもいいこと聞いてんのよ、と小堀さんは言う。他の仕事じゃ駄目？　と懲りずに私が続けても、駄目もうはじめちゃったから、と小堀さんは動じない。今から変えられないのかな？　と提案してみても、変えられないのだと小堀さんは言う。そう思ってるだけかもよ、と私がちゃかすように続けたら、あんたこの店潰したい訳？　と小堀さんは私を睨んだ。

「そうじゃないけど、小堀さんなんか辛そうだから」

「辛かないわよ。いいでしょ、私だってたまに愚痴ったたって」

「別にいいけど」

「人の心配してんじゃないわよ。どうなのよ、何しに来たのよ、今日」

「上司に呼び出されたの」

「誰？　キツネ男？」

「まあ、そんなとこ」

「クビだって？」

「そう言われるんじゃないかと思ったけど、そうじゃなくて、ちょっと短い仕事をやらないかって」

「ふーん、いいじゃない」

うーんと唸りながら、私は小堀さんの作ったカシスソーダに視線を落とした。

「何よ？」

小堀さんは私の顔を覗き込んだ。

「別に」

「じゃあ何？　その歯切れの悪さは」

私はだんだん居心地が悪くなってきて、なんとかその場をやりすごそうと思いながら小堀さんに話した。今後こういう仕事の話が来たら、もう少し期間も長くなって、そのうち一月《ひとつき》とか三ヶ月とかになって、挙げ句完全に仕事に戻らざるをえなくなったら、どうしたらいいのか少々悩んでいると。

「それはその時考えればいいでしょう」

「そんなすぐに答えが出ないかもしれないでしょ？」

そう言うと小堀さんは、ハァと小さなため息をついて、

「飲んでいい？」

と私に訊ねた。どうぞ、と私は答えた。

「そうやって過ぎていくわよ、あんたの人生」

小堀さんは、吐き捨てるように言った。

「どういう意味？」

「いつも自分がどうしたいかをすぐ答えられるようにしておかないと、どんどん生きる世界が狭くなって、気づいたら身動きできなくなるってこと」

小堀さんはいつになくイラついた様子で、手元のグラスにブランデーを注いだ。

「迷うことなんてことはね、せいぜい高校ぐらいまでで十分よ。大学行けたラッキーさんは、あと二、三年プラスで猶予をあげるけど、待ってそのぐらいね。『考えます』なんて回答は、『私は馬鹿です』って言ってるのと一緒。私が上司ならすぐ切るね。体面上切れないとすれば、内心こいつには仕事を任せないって思うわ。だってそれって、日頃から人生の優先順位がついてないってことじゃない？」

いつにも増して厳しい小堀さんの指摘に、私も黙っている訳にはいかなかった。

「そんな風になんでも即決出来ることが正しいとは思わない」

「しーらない。もう三十なのに」

「まだ二十九です」

「完全に同じだよね」

「じゃあ、例えば小堀さんの子供が病気になって、ものすごい重い病気になって、お医者さんに成功率三十％の手術をしますか？　しなければあと一年の命かもしれません。今この場で決めて下さいって言われたら、小堀さんそれでもその場で即決出来るの？」

　子供じみた反論だとはわかりつつも、今日だけはそう簡単に負けませんからという装いで早口に切り返した時、小堀さんの目にふと青みが差すのがわかった。それは私が今まで見たことのない、哀しくて澄んだ目だった。何も言わず、じっと私を見て、やがてその視線は突き放したように私から離れた。

　小堀さん、どうしたの？　そんな風に黙られると、調子狂っちゃうんだけど。そう言うことすら憚れるような空気が、二人きりの店内に漂っていた。

「今日はもうお店閉めるわ。あんたこれから田舎帰るんでしょ？　そろそろ乗らないと電車混むわよ」

　小堀さんはそう言うと、脇目もふらずカウンターの上を真っ白な濡れ布巾で拭き始めた。

　小堀さんがそう言うなら、ここを立ち去るしかない。この店から、出て行かなくては。その場を取り繕うように、ひどいよ葉山は田舎じゃないよと口にしながら鞄を手にした。私は多分、小堀さんを怒らせてしまった。今まできっとたくさんの人を怒らせてきたけれど、その時とはまったく異質の鋭い痛みが私の中に残った。

帰りの横須賀線は、小堀さんの予言通り帰宅するサラリーマンで溢れかえっていた。なんとか気を紛らわせようと美奈ちゃんにもらった単行本を開いてみたけれど、一向に文章が頭に入って来ない。パタンと閉じた本の帯には、「幸せはいつもあなたの中にある」と書いてあった。

葉山までの一時間半、立ちっぱなしで自宅にたどり着くと、既にみな寝ているはずの家の中に小さな明かりがともっていた。

家に入ると、父が居間に豆電球をひとつだけつけて本を読んでいる。父は本から目を離すと、上目遣いでこちらを見て言った。

「遅いぞ、不良娘」

「会社行ってたの」

「仕事するのか」

私は嘘と本当の中間のような答え方をした。

「まだわからない」

「いつから」

「だからまだわかんないって」

「そうか」

父はまた本に視線を戻した。

「なんで起きてるの」

私はまだ小堀さんとの小さな諍《いさか》いの尾を引いている自分に気づいて、なるべく普通にならなくてはと話題の転換を試みた。すると、

「眠れないんだよ」

と父が言う。

「どれぐらい?」

「ここ三日ぐらい、全然眠れないの」

「どうして?」

「理由がわかれば簡単なんだけどね」

「薬のせいかな?」

「今度医者行ったら、相談してみるわ」

「うん、そうしたら?」

私は二階に上がろうと背を向けた。すると、お前、仕事やりたいなら無理しなくていいぞ、と背中越しに父が言った。しばらく、死にそうもないし。

父の目線は、恐らく先ほどから同じページを行ったり来たりしている。

「別に。ちょっと仕事があまりにハードだったから、これを口実に休んでるだけ」

父の口から出た、吹き矢のような一言に驚いて言葉がつまったが、つとめてそっけなく応えた。

「べつだん、こっちは今日明日でどうこうなる訳じゃないからさ」

そう言う父の背中が丸まっていた。体は一回り小さくなり、頭髪は副作用からか真っ白になっていた。私は今度こそ二階に上がろうとして、けれど途中で振り返って父に訊ねた。

「ねえ来週末さ、神戸行く？」

「神戸？」

父は頭を上げて、驚いた様子でこちらを見た。

「一日ちょっと、神戸で仕事があるんだ。せっかくだから気分転換に、どう？」

私はつとめて明るく続けた。

「神戸か……」

「きつい？　体調」

「いやそんなことはないけど……」

父は少し考えて、

「何にもないぞ、神戸」

と言う。

「何にもって、何かはあるでしょ」

「まあな、何かはあるだろうけど」

「いいじゃない、混んでる場所より」

私は父に神戸に行くと言って欲しかった。今この瞬間、そうすると言って欲しかった。

「明日ママに聞いてみよう」

父は言った。

「うん」

私は、二階へ上がった。

部屋に戻ると、泣いた。

父の病気がわかってから、初めて泣いた。隣の部屋で眠る母に聞こえぬように、階下で今しがた言葉を交わした父にも聞こえぬように、ベッドに顔を突っ伏して泣いた。

薄暗い部屋の中を、月の光が白く照らしていた。手を伸ばすと、その影が小動物のようにゆらゆらと目の前を這い回る。涙はあとからあとからこぼれて来た。いつしか泣き疲れて、気がつけば私は底のない更なる暗闇の中にいた。

6

　ドイツからやってきた撮影隊は皆一様に背が高く、私は常に上を見上げていたけれど、通訳の女性がとても優秀だったこともあり、さして大きなトラブルもなく神戸での仕事は順調に進んだ。

　ディレクターのクリストフは絵本の中のサンタクロースのようなふさふさの髭を蓄えて、訛りの強い英語で「何人家族か？」と私に訊ねてきた。「五人です」と答えると、「皆元気か？」と聞く。私は少し考えて、「皆元気です。ありがとう」と言った。すると彼は、

「家族が元気なのはいいことだ。家族は元気じゃなくちゃ」

　と言って大きな声をあげ笑った。何がそんなに楽しいのかわからなかったけれど、私もどこかやさしい気持ちになって一緒に笑った。

　クリストフの仕事ぶりを見ていたら、かつて旅番組のロケでベルギーを訪れた際に取材した、一人の男性を思い出した。彼はお菓子の空き缶コレクターで、路地裏

の小さな店で世界中から集めたアンティークの空き缶を売っていた。同行したディレクターが彼にこれからの夢を訊ねた時、とうに五十は越え、極端な趣味を仕事にしているこの男性に今更夢などあるのだろうかと私は思わず心の中で首をひねったが、彼は迷うことなく真剣な目をして答えた。これからは、絶対にチョコレートの缶しか集めない、と。これまでは生活の為にキャンディーでもクッキーでもお菓子の缶なら何でもよいと自分を許してきたが、これからは正直に生きたい。だから、残りの人生はチョコレート缶に集中するのだと。その時彼が放っていた強い視線が、時折目の前にいるクリストフのそれと重なった。

別れ際、クリストフは出会い頭に私が渡していた名刺を鞄から必死になって取り出すと、「シグサ」と難しそうな顔をしてその名を朗読した。彼の口から聞く自分の名前はどこか自分の名前ではないような感じがして、何度でも聞いてみたいような気もした。

元気でねシグサ。クリストフは言った。

お元気で、と私も言って私たちは別れた。彼等は大きな身体を左右に揺らしながら、大量の荷物を持って京都に向かう新幹線へ乗り込んで行った。このまま後をついていきたいような、一抹の寂しさが私の中によぎったのは、毎日が一期一会のこの業界では珍しいことだった。

　彼等と別れると、私は新神戸の駅からタクシーに乗り三ノ宮へと向かった。駅に到着し、携帯電話を取り出そうと鞄をまさぐると、背後から「しぐさちゃん」と聞き慣れた声がした。振り返ると、早苗《さなえ》さんがにっこりと佇んでいた。

「久しぶり」

　早苗さんは会社帰りなのだろう、ベージュのスーツを着て、美しく細い足元には一目でよいものだとわかる黒い革靴が収まっていた。

「早苗さん久しぶり」

　私はそう言いながら、自分の着ているあまりにラフなシャツの襟を少し直した。

「イタリアン予約してあるの。お腹、大丈夫そう？」

　早苗さんは言った。

「ペコペコ」

　と私は大げさにお腹をさすってみせた。

「よし、じゃあタクシー乗っちゃおう」

　早苗さんは人混みをかきわけ、目の前の通りでタクシーを止めると、私を手招きした。

早苗さんは、十六歳年上の父方の従姉妹《いとこ》だ。父は三人兄妹の末っ子で、一番上の姉の娘が早苗さんなのだが、故郷の神戸を離れて東京の大学に通っていた早苗さんに、私は幼い頃よく遊んでもらった。背が高く、日本人離れした目鼻立ちの早苗さんに手を引かれていくデパートや遊園地は、親や姉弟たちにくっついていくのとは違う、ふわふわした喜びの連続だった。帰り道はあまりに離れがたくて、なんとか我が家に泊まって欲しいと頼むのだけれども、きまって両親に「早苗ちゃんだって忙しいの」と怒られるので、私はいつも早苗さんと過ごす時間を終わりあるものと自覚していた。家の玄関先で恐らくこの世の終わりみたいな顔をしていた私を前にして、早苗さんはいつだって必ず、大丈夫よまたすぐ会えるからと言って私の頭をふんわりとなでてくれた。

私が成人しても、早苗さんとの交流は続いた。就職活動で悩んでいた時も、私は真っ先に早苗さんに相談してアドバイスを求めた。その時早苗さんは東京の広告代理店で働いていて、いつも忙しく飛び回っていたけれど、必ず時間を作って私の話に耳を傾けてくれた。

「しぐさちゃんは、きっとそういうのが向いてると思うわ」

彼女が言うと、本当にそうであるかのような響きがして、いつも私の背中を優しく後押しした。

早苗さんは持ち前の器量と頭の良さでどんどん立場のあるポジションに昇進していったが、五年前に会社を辞めて今は神戸に戻っている。早苗さんの母親が脳梗塞で倒れたのがきっかけだった。一人っ子の早苗さんは父親一人で母を看病するのは難しいと判断し、潔く東京を去ったのだ。そして神戸でまた新しい仕事を見つけ、生活を始めた。

東京を去る時、早苗さんは私に言った。

「嫁入りみたいで、こういうのも悪くないもんよ」

しかし早苗さんはお嫁には行かず、四十代の半ばを迎えようとしている。恐らく、恋人はいない。


「おじさん、洗礼受けたいんだって？」

早苗さんがあらかじめ頼んでおいてくれたコースのメインディッシュが差し出された頃、彼女が訊ねた。店の中は、遅い時間にやってきた客たちで満席になっていた。金曜の夜というのは、そこが日本でもブラジルでも、ビストロでも居酒屋でも、人々を生き生きと輝かせる力をもっているみたいだ。

「そうみたいだね」

私は言った。

「いつ受けるの？」

「まだまだ。ずっと先だと思う。教会だって一度も行ってないし」

「そっか。じゃあこれからだ」

早苗さんは赤ワインのグラスをそっと口元に運んだ。

「でもね、洗礼名は既に考え始めてるみたい」

「おじさんらしいね。どんなのがいいの？」

「それはよくわかんないけど、わかりやすいのがいいんじゃないの？　例えば、ヨセフとか」

私は言った。すると早苗さんは小さく首を傾げた。

「ヨセフって、わかりやすいのかな。もっとあるんじゃないの？」

「例えば？」

「伊藤《いとう》マンショとかさ」

早苗さんは根っからの歴史好きなのだ。

父が洗礼を受けたいと最初に言い始めたのは、いつだったろうか。

確か、最初の検査入院を終えて家へ戻り、ほどなくした頃だったような気がする。

「お父さんに何があったんだろう？」

父が散歩に出ている合間をみて姉に訊ねると、

「入院中、誰かに吹き込まれたのかな」

と姉は生協のカタログを熱心に覗き込みながら言った。

「誰かって？」

「隣のベッドの人とか」

「祈りませんか？　って？」

「そう。案外多いらしいよ、そういうの」

父は抗がん剤治療の開始日が正式に決まると、週一で通っていた社会人大学の中国語クラスをあっさりと辞めてきた。

「中国語、あんなに気に入ってたのにね。何も辞めなくてもいいじゃない？　両立、出来ないもんなのかしら？」

私たちの会話を聞きつけて奥からやってきた母は言った。

キリストと中国語？　カタログから顔を上げて姉が訊ねる。

キリストと中国語。私も言った。こうやって繰り返してみると、なんだかそれはとても難しい両立のようにも思える。もしかしたら父も、こうやって声に出してみて、俺にはとても無理だと思ったのかもしれない。

いずれにせよ、父はクラスを辞めた。そしてすぐにキリスト教の勉強を始めるのかと思ったが、しばらく様子をみても、父から何らかの相談を受けることはなかった。それから数ヶ月が過ぎ、やはりあの話は私たちの早とちりだったのだろうかと噂をし始めた矢先、父が突然切り出した。

わたしを教会に連れてって、と。

「それで、行ったの？　教会」

早苗さんは訊ねた。まだどこに連れて行くべきか考えてるんだ、タイミングもあるしねと、私は答えた。

「洗礼受けること、他の親戚とか知り合いに話しておいたほうがいいわよ」

早苗さんはベージュのマニキュアで綺麗に整えられた指先を使いながら、パンを小さくちぎって口に運んだ。

「どうして？」

「だってこの前上司のお葬式行ったら、入り口の看板に大きく『ピエール』って書いてあって、一緒に行った同僚と思わず顔見合わせちゃったもの。いつから英語名作ったんだろう？　って。よくよく聞いたら洗礼名だって言うから、ああそういうことかと思ったけど」

「たしかにねぇ」

私は父の葬式で立てかけられている看板を想像してみたが、葬式自体を想像することもいささか困難だった。

「来年の年賀状とかに、『トマス藤田』とか、書いておいたほうがいいのかな？」

私は言った。

「ああ事前にね」

「そうそう」

「いや、でも年賀状はどうなんだろう……」

早苗さんはいつになく真剣だった。彼女はしばらく沈黙して、突然何かを思い出したように顔を上げた。

「じゃあまだそんなに深刻じゃないんだね」

「明日見ればわかるよ。見た目も、しゃべりも、全然変わらないから」

私は何の肉なのかわからぬままおおざっぱに切った赤い塊を、すばやく口に運んだ。

両親が神戸に来るかどうかは、直前まで決まらなかった。行くの行かないだの、急すぎるいや急じゃないだの二人の意見は平行線でついぞ終わりが見えないので、二人ともとにかくいらっしゃいと私が半ば無理矢理旅の仕度を迫ったのだ。

「明日昼間どこ連れて行こうかな。どこかおすすめある?」

「何時に着くの?」

「十二時」

早苗さんは手元のフォークとナイフをテーブルに置き、少し考えた末言った。

「ねえ、明日うちの会社からね、神戸港の花火大会が見えるの。すごく大きな花火。百八十度のパノラマでね。ワンフロアを開放して、社員の家族とかを呼んで見れるようになってるから、どうかな? 休日出勤で一緒にご飯は無理だったけど、私もおじさんとおばさんにちょっとだけでも会いたいし」

「花火?」

早苗さんからの意表をついた提案に、私はしばらく考え込んだ。

「綺麗よ。人混みにまみれて見る花火と違って、涼しくていいし」

そう言えば、ここしばらく花火など見ていなかった。とても都内の花火大会に出向いてもみくちゃにされる若さはなかったし、花火を見下ろす高層マンションに住む同僚や友人もいなかった。

「じゃあ提案してみるよ」

「うん、そうして」

早苗さんは嬉しそうな顔をして、実に潔く再びメインの肉を切り出した。

やがて話は、早苗さんが十年前から飼っているタカモリという名の猫の話に移った。

「タカモリね、私の体調が悪いと、こーやって覗き込んでくるのよ。私の顔を」

早苗さんは、タカモリの真似をして私にググっと顔を近づけた。幼い頃に比べて目尻に皺は増えていたけれど、こんなにも色気のある四十代を、私は他に知らない。

タカモリ、もうおじいちゃんだから目がよくみえないのかもね、と私は言った。

そう、もしかしたら白内障なのかもしれない。今度お医者に連れていこうかと思ってるの。早苗さんは実に心配そうに顔をしかめた。

私は、本当のことを言うとあまりタカモリには興味がない。タカモリという名前の由来も、あえて聞いたことはない。けれど、いつも自分の話よりも人の話を優先させようとする早苗さんから聞くタカモリの話は、どんなに長くても何故だかとても温かい童話みたいに聞こえるのだ。

早苗さんは、言った。

「タカモリが死んじゃったら、私おかしくなっちゃうかも」

早苗さんは言った途端、ふと我にかえったように気まずい表情になって私から視線を逸らした。私は無性に早苗さんを包み込みたい気持ちになって、言った。大丈夫、タカモリは不滅ですと。


翌日、新神戸駅で両親と合流した。黒い登山帽をかぶった父と、広いつばの麦わら帽子をはためかせる母はどう見てもアンバランスで、遠くからでもすぐに二人だとわかる程だった。父の帽子は、抗がん剤の治療が始まった頃、三人で買いに行ったものだ。どれぐらい毛が抜けるかはわからなかったけれど、恐らくツルツルになるだろうと予測して深めの帽子を探しに行った。デパートの帽子売り場で父は、こういう時はいいよね、もともとハゲってて便利だよね、と言いながら私たちが次々と父の頭に被せる帽子を文句一つ言わず受け入れていた。

異人館通りで昼食をとった後、特に行くあてもなく辺りをふらついていると、あっという間に早苗さんとの待ち合わせの時間が迫って来た。花火の話を提案した時、父はああそうなの、と言ったきり肯定も否定も、嬉しそうな様子も嫌がる素振りも見せなかった。

いつもより歩いたせいか、少し疲れた様子の父を見て、

「夜マッサージしてあげるよ」

と私が言うと、

「めずらしいね」

と父は言う。そうでもないでしょ、小さい頃やってあげてたでしょと私が言うと、あなたはいつも父の日に手作りのマッサージ券をくれるくせに、いざ使おうとすると「今日は定休日です」って一切の躊躇も見せず言う子供だったと父は口をとがらせた。

タクシーに乗りこみ早苗さんのオフィスに向かうと、そこには想像していたよりはるかに高い高層ビルが待ち構えていた。

「早苗ちゃん、こんなところで働いてるの」

母がビルを見上げた。

「いなかっぺだね、あんた」

父は言った。

私たちの到着をロビーで待ち構えていた早苗さんの誘導でオフィスの二十階に辿り着くと、既に多くの人たちが開場を待って並んでいた。元々は会議室なのだろうか、広いフロアから机はすべて撤去され、かわりにブルーのビニールシートが敷かれている。その上に、花火が打ち上げられる方向に向かって先頭から順に行儀良く、参加者たちが腰を下ろしていた。そのあまりに整然とした様子に、これってなんだか日本人だねと私が言うと、それがいいのよ、と早苗さんは顔色ひとつ変えず答えた。

父は一瞬、こんな硬いところに腰を下ろすのかとわずかに顔をしかめたが、早苗さんが自ら用意してくれていた厚めのクッションを差し出すと、

「さすがだね、早苗ちゃんは」

と感心したように笑った。

「おじさんほんとに元気そう」

「早苗ちゃんがお嫁に行くまで死ぬの待ってんだけど」

「あれ？　私はしぐさちゃんの後のほうがいいかと思って、順番待ってるんだけど」

真顔の父とうっすら笑う早苗さん。二人とも強いな、と私は思った。

花火の開始を待つ家族たちが、皆思い思いの会話に興じている。どれぐらい待っただろう。目の前に腰を下ろした幼い子供が、まだかな、と呟いた。するとその声が届いたかのように、室内の照明が一斉に落とされ、同時に周囲から歓声が沸き起こった。伏し目がちだった顔を、慌てて上げる。

目の前に、窓ガラスを覆い尽くす程の巨大な花火が打ち上がっていた。

「どうして?」

ふいにそんな言葉が私の口をついて出た。

「何?」

傍らの早苗さんが不思議そうに訊ねた。

「音」

私は言った。

「防音ガラスだから、音はないのよ」

ああそのことかという風に早苗さんが言った。

一発ごとに巨大になっていく花火は、尺玉のように巨大なものであっても、微かな音すら私たちに届くことはなかった。夜空高く花開き、そして消える。跡形も無く。その音のない花火が上がるたび、人々は歓声をあげていた。目の前に上がる花火は確かに本物であり、現実である。けれども、無い。花火は確かに美しいのに、そこにあるという確信が、なかった。花火とは果たして美しいものであったのかということさえ不安になるほどに。少し遅れてやってくる爆発音が、既に記憶の断片となった閃光の映像とともにパズルのように重ね合わさって初めて生まれる実感が、ことごとく欠如している。

私は身動きもせず、神戸の街に浮かび上がる花火を眺めていた。時折母が、きれいね、と呟く。まるで母である以上、こう語るべきだと言わんばかりの抑揚で。

ふと、わずかばかり前に座る父の横顔を見すえた。微動だにしない父の眼鏡のレンズに、鮮やかな花火の色彩が万華鏡のように映り込んでいた。父はもの言わず、にこりともせず、その無機質な花火を凝視していた。

お父さん、死なないでよ。心の中で、そう呼びかけてみる。

けれど目の前の人間は父のようであり、父でないようでもある。

私はしばらく花火からも父からも目を逸らし、足元のビニールシートをじっと見つめた。

どれぐらい時間がたったのだろう。やがてゆっくりと顔を上げた。

すると先ほどまで絶え間なく私たちに向け放たれていた巨大な花火は、もうとうの昔に終わっていたのだった。

7

近藤君との再会は、あまりにあっさりと訪れた。

九月に入ってすぐ、私が姉と葉山で開催されているヨガに参加した時のことだ。父の病気がわかる前は頻繁に訪れていたのに、この夏は足が遠のいていて、夏が終わりかけると何故だか又あの場所に行きたいと思うようになった。姉を誘ってみると、ちょうど私もそう思っていたのと、すんなり東京からやってきた。

ヨガの先生である律子《りつこ》さんは、以前一部上場企業の経営コンサルタントをしていたという。多忙からくるストレスだったのか、ある日律子先生は打ち合わせに向かう銀座の横断歩道で、目の前を遮ったタクシーの車体を思わず足蹴りしたらしい。その時、気づいたそうだ。ここを出なくては、と。律子先生はその半年後に会社を辞め、生まれ育った葉山に戻ってヨガのインストラクターの資格を取ると、教室を始めた。年収は十分の一になったらしい。それまで先生は一体幾ら稼いでいたのかと一時生徒の間で話題になったけれど、そんな興味もほどなく薄れた。

律子先生はゆっくりと話す。生徒を急かしたり、出来ないポーズを無理に煽ったりもしない。レッスン料は都会のそれと比べてとても良心的だったし、授業が終わった後に皆が畳の上に座ってだらだらとおしゃべりするのを楽しそうに眺めている律子先生に、とても男気溢れる過去があるようには思えなかった。

その日も、律子先生は皆のとりとめのないおしゃべり、今度日影茶屋の近くで開かれる朝市の話とか、有名な建築家夫婦が近所に越してきた話とか、多分それがなくても世界は円滑にまわるような話をだらだらと続ける私たちの姿を、少し離れたところから眺めていた。

私と姉が、そろそろ失礼しようかと立ち上がった時、律子先生が言った。

「そうだしぐさちゃん、近藤君って知ってる？　近藤秀人《ひでと》」

律子先生の口からさらりと語られたその名前は、昔大好きだったのに今はもう名前すら耳にしない芸能人みたいに、不確かで危うい響きがした。

「知ってます……」

私が半ばぼうっとして答えると、律子先生は言った。

「先月の初めにうちでね、幼馴染み集めてホームパーティーみたいなことしたの。そしたら友達の一人が、弟を連れて行っていいかって言うのよ。うちの弟、スキー狂いで冬は生き生きしてるんだけど、夏になると引きこもりみたいになっちゃって、なんだか時々怖いから連れて行っていいかって。私も小さい時はその弟君と何度か一緒に遊んだことあったしね。それで、もちろんどうぞって言ってやってきたのが秀人君なんだけど、しばらくうちに来ても全然しゃべらないでじっと私たちの話聞いてるの。でも、帰りたいのかと思うとそういう風でもなくて。だから私、さほど彼のことは気にせずに話し続けたんだけど、何かの話の流れからこの教室で春に撮った集合写真見せたのね。私の生徒さんたちよって。そしたら彼、急に前のめりになって言うのよ。『彼女、知ってるんですか？』って」

　頭の細部まで血が集まってくるようなピリピリした感覚があった。律子先生の過ぎ去った時間の中で、近藤君が息をしている。

「それで？」

　私ははやる心を抑えながら訊ねた。

「私の生徒よって言ったら、『そうですか』って」

「それだけ？」

　私は畳み掛けた。

「うん、それだけ。でも大学の後輩なんだってことは言ってたわ。しばらく連絡とってないっていうから、連絡先知ってるの？　って聞いたら、『たぶん』って。教えてあげようかと思ったんだけど、いくら友達の弟とはいえ生徒さんの個人情報勝手に教える訳にもいかないし」

私は少しがっかりした。近藤君は、「たぶん」私の連絡先を知っているのに、もう一ヶ月以上も連絡をとろうとしなかったのだ。彼は確実にこの街に戻ってきていて、こんなにも私の近くで生きているのに。律子先生から伝えられた思いもよらぬ人の名に心震わせた自分が、ひどくみじめに思えた。

「懐かしいな。しばらく連絡とってないから、全然」

私は、わざと普段通りに答えた。

「面白い子だね、彼」

律子先生が笑った。

「そうなんです。ちょっと変わってますけどね」

私は更に声のトーンをあげた。

「あなたもちょっと変わってるじゃない」

と傍らで聞いていた姉が言った。助けを求めて律子先生のほうを見ると、先生は笑いながらもそれに反論しなかった。

帰り道、姉が言った。

「要するに、フェイスブックみたいなことが起きた訳だな」

「別に要約して例えなくても、そのまんまだよ」

私は言った。

「しかしさ、フェイスブックって時々『これは友達ではありませんか？』とかコンピューターが勝手に知らせてくるけど、それって元カレとかにもおんなじように行ってるわけでしょ？　私の写真が。申請出来るもんならしてみなさいって感じだよね。友達になりたいって、言えるもんなら言ってみろって」

姉がどの時代のどの恋愛を指して悪態をついているのかはよくわからなかったが、いずれにせよこの街のどこかで前と変わらず静かに佇んでいる近藤君の姿が焼きついて離れなかった。姉は押し黙ったままの私の隣で、更に続けた。

「今どうしているかなんて、わからないほうが豊かなことは、たくさんあるんだよ」

一昔前のアイドルグループの歌詞みたいだと思いながら、私は黙って姉の言葉を聞いていた。

そのまま東京に帰るという姉とバス停で別れた後、少しずつ薄暗くなってきた川縁の道を歩いていると、頭上に大きな月が出ていた。いつもより、距離が近く感じる。辺りがまだ明るいので、半透明の月はのっしりと街の中に現れた巨大な守り神のようだった。じっと見上げると、月も私を見ているような気がして、少しだけ安心した。

家に帰ると、父がいつものように和室の布団に横になって本を読んでいた。

「眠れないんだよ」

また父は言う。父の不眠は、神戸旅行から帰って以降日に日に強まっていくようだった。そのまま台所へ行くと、私たちの声が聞こえていたのか母が切り出した。

「夜中物音がするから台所に行ってみたら、真っ暗な中でパパが一人冷蔵庫覗いてるの。なんだかゾッとして『何してるの？』って聞いたら、眠れなくておなかがすいたって。しょうがないから枝豆茹でて出したわよ、夜中の四時に」

「この前お医者さんに相談したんでしょ？」

「そうだと思うけど……」

「お母さん、一緒に病院行ってるんでしょ？」

「行ってる」

「何だって？」

「何だったかしら？」

「何で覚えてないの？」

「会話を全部覚えてる訳じゃないもの」

「全部思い出せって言ってないじゃない。眠れないっていうのが一番辛いから、それを聞きに行ったんでしょ？　それを先生は何て言ってたの？　って聞いてるの」

「もうあなたやだ」

母はそう言って私の横をすり抜けると洗面所に消えていった。すべてがわずらわしいというように。母とはいつも、こうなる。母の中にある何かが私を苛つかせ、私の言葉の破片は母を追いつめてしまう。

「何読んでるの？」

再び和室に戻った私が訊ねると、父は先ほどと寸分違わぬ角度のまま本のページを見つめて、言った。

「朝鮮戦争」

「朝鮮戦争？　何で？」

「何でって？」

「何でそんなの読んでるの？」

「何でって、読みたいから」

「面白い？」

「面白いとかそういう話じゃない」

父は丸善のブックカバーがかかった『朝鮮戦争』らしき本をパタンと閉じると、目をつぶった。部屋の中には音一つなく、かろうじて本を読むことの出来る小さな明かりが父の手元を照らしているだけだった。

父は目を閉じたままもう一度消え入るような声で、眠れない、と言った。


あの時もし、もう少しだけ父の孤独に寄り添うことが出来たなら。

今でも時折思い出しては苦しくなる。何日も眠れぬ長い夜を思考なしにやり過ごせるよう、父は無数の本を読み続けていたのに。押し寄せる死の恐怖から離れて、ただの歴史の傍観者になれるように。世界が暗闇に包まれ、果てしない静寂の中でただ一人残された父に、けれどその時私は何一つ寄り添うことが出来ずにいた。

近藤君から電話があったのは、その翌週のことだった。

律子先生が近藤君のお姉さんに何か話をしたのかと思ったけれど、そうではなかった。私の写真を律子先生の家で見つけてから実際に電話をするまで、それだけの時間が必要だったのだろう。近藤君には、彼だけの特別な時間の流れがある。私は慌てて自分から電話したりメールしたりしなくてよかったのだと、久しぶりに正しい選択が出来たような気がした。

「しぐさ？」

近藤君の声がした。

「お久しぶりです」

私はつとめて冷静に返答した。

「しぐさ今葉山なの？」

「そうだよ」

「俺オランダ行ってた」

「知ってた」

「あ、知ってた？」

「あ、って何？」

「何してんの？　今日」

「これからちょっと出かけるけど……」

「今日は難しい？」

「四時以降なら」

本当は今すぐ行くことも可能なのに、私は小さな嘘をついた。

「じゃあ、逗子駅に四時でいい？」

「うん、駅で」

電話を切ると私は慌ててクローゼットに駆け込み、この街で数年ぶりに近藤君に会うのにふさわしい服は何であるかを必死に探った。しまった、こんなことなら美容院行っておくんだったと思いながら、久しぶりに心の中に熱い塊のようなものが駆け巡っていくのがわかる。

駅に着くと、近藤君はジーンズに白いTシャツ、その上に紺の長袖のシャツを羽織り、ポケットに手を突っ込んだまま私を待っていた。

「近藤君」

私がそう呼びかけると、

「おう」

とこちらを見て少しだけ微笑んだ。そのまま何かを言い始めるかと思ったけれど、どうやらその様子はない。

「近藤君、黙ってオランダ行かないでよ」

「黙って行ってないよ」

私はその後を何て言えばいいのか、わからなくなった。前はどうやって話していたんだっけ。かつての二人の姿を頭の中から探り出そうとしたが、それはすぐに出て来なかった。

「歩く?」

近藤君が言った。

そうだねと言って、私たちは海に向かって歩き始めた。

逗子銀座を通り海岸への道を右折すると、毎日見ている店たちが鮮明に視界へ飛び込んで来る。いつもとどこか、違う。

「お兄さんのとこ来てるの?」

近藤君は訊ねた。

「兄は転勤でいないの。だから今はお父さんが住んでる。私も夏からはずっとこっち」

「東京の家は？」

「そのままになってるよ」

「仕事は？」

「そんなにいっぺんに聞かないでもらえる？」

「ごめん」

近藤君は頭を掻いた。珍しいこともあるものだ、と思う。以前はあんなにもゆっくりと呼吸していた彼が、今私から性急にたくさんの答えを求めている。

半地下の短いトンネルを抜けると、逗子海岸の海が広がっていた。日が傾きかけた砂浜に腰を下ろそうと身を屈めると、近藤君が着ていたシャツを脱いで私の前に敷いてくれた。

「オランダ仕込み？」

そう私が訊ねると、近藤君は「アホか」と言って初めて笑った。

「お父さん癌でね、あんまり長くなさそうなんで、それでさ」

私はなるべく軽いタッチで言えるように努力した。

「そっか……」

近藤君は言った。うそ、とか、マジで？　とか聞かないのが、近藤君のいいところだった。

「仕事は、休んでる」

私は言った。

「いつから？」

「七月ぐらいから」

「じゃあニートか」

近藤君が初めて私を見たので、そうだねと言って笑った。

「仕事は、うまくいってるの？　つまり、休む前までは」

近藤君は言った。

「うーん……。私がやりたいことって、なんかちょっと地味みたいだね。時代性っていうのに、どうも合わないみたい」

「時代性かぁ」

近藤君は、嚙み締めるような口調で繰り返した。

「企画はほとんど、いや全然通らない。でもだからって、あいつら全然わかってない、とも思わないんだ。なんていうか、究極的には自分に力がないから、通らないんだと思ってる。本物になれば、地味な話だってきっと世の中に出るんだよ。例えば黒澤明だったらさ、どうしようもなく平凡な企画を考えても、きっといいものが出来て人の心に響くでしょ」

近藤君は何かを考えていたのだろうか、しばらく沈黙した後に言った。

「でも黒澤明《くろさわあきら》だって、ものすごい平凡な企画だったら、周りのスタッフは黒澤さんそれはいくらなんでも普通すぎますよ、それじゃあ天下の黒澤さんでも人呼べませんよって思ってたと思うよ。本人には言わないにせよ」

「そうかなぁ。まあ、黒澤明と比べてる時点で駄目な感じがするけど」

私がそう言うと、近藤君はそりゃそうだと言って笑った。

「まあ、俺もニートみたいなもんだけどね」

「なんちゃってニートでしょ？　どうせ」

「なんちゃってかどうかわからんけど、今無職」

そう言って近藤君は手元の砂をすくいあげ、又地面に放った。

「オランダの建築事務所で働いてたんだけど、あんまうまくいかなくて辞めた。こっち戻ってきたの春でさ、もう半年もこんな感じ」

「近藤君でも、そういうことあるんだ」

「俺でもって？」

「辞めない人だったじゃない、近藤君。何があっても、地球が滅亡するって言われてもそこから離れないタイプの人だったじゃない」

「そう？　よくわかんないけど」

「私がスキー辞める時もさ……」

と言いかけた時、近藤君がそれを遮るように言った。

「しぐさいつまでいるの？　ここ」

「ここって？　葉山？」

「そう」

「わかんない。でも、お父さんが死ぬまでずっとこうしてる訳にもいかないから、タイミングみて仕事に戻ろうかとも思ってる」

私は言った。半分が本心で、半分が義務感だった。

いなよ、と近藤君は幾分強い口調で言った。少なくとも、年内はいなよ。

「なんで？」

近藤君の言葉にうれしさを覚えるよりも、私は訊ねた。彼の言葉の真意が全然わからないから。

「いればいいじゃん。深く考えずに。ずっと働き通しだったんでしょ？」

近藤君は言った。

「簡単に言うね」

私は両手を背中の後ろについた。そしてふと、洗いざらい聞いてみたくなった。今はこの世にいない、近藤君のお母さんのことを。

近藤君はどう思った？　悲しかった？　たくさん泣いた？　どうやって立ち直った？　人が死ぬ時、どんな風に死ぬの？　それは突然なの？　苦しむの？　生きている人は、大切な人の死をどうやって乗り越えるの？

しかしそんな愚かなことは聞けるはずもなく、かわりに手元の砂をぎゅっと摑んだ。

しばらく二人で、海を見ていた。水面が光に照らされて、どこか寂しげだった。こんなに海は綺麗なのに、この景色は決して抗えない別れと繫がっている。海は世界中どこだって残酷で、けれど私たちは決してそこから遠ざかることが出来ない。

砂についた私の手と近藤君の手が、わずかな距離にあった。近藤君に、触れたいと思った。自分から触れることが出来ないならば、近藤君が触れてくれないかなと。けれどその気配は微塵もなく、私たちはその後もしばらく黙って海を見ていた。

8

街の銀杏並木が色づき始めた頃、アメリカで暮らす兄夫婦に三番目の娘が産まれた。名は、里緒《りお》とつけられた。やわらかな和紙で包まれたような、ほんのりとした誕生の喜びだった。それが私と同じ、三番目の子供だったからなのかもしれない。大げさな期待や、動揺や、不安とは一線を画した、おだやかな人生の始まりだった。

スカイプ越しに映された赤ん坊はまだ手足が細く、画面からもその壊れそうな肉体の感覚が伝わってくるようだった。父は食い入るように画面に近づいて手をかざすと、会いたいなぁと呟いた。その指が、以前より明らかに細くなっているのがはっきりと見て取れる。毎日生活をしながら、だからこそ気づかなかったわずかな変化が、父の骨張った指先から顔を覗かせていた。

小堀さんの店には、あの日以来訪れていない。一度だけ、「元気ですか」とメールを送ったら「韓流ドラマにはまっています」とだけ返信が来て、なんだかそれ以上返せなくなってしまっていた。

ついに父を連れて教会を訪れたのは、里緒が誕生した翌週のことだ。高校の同級生に紹介してもらったその教会は新宿から一時間程電車に揺られた古い住宅地の一角にあり、建物の周りをぐるりと取り囲んだ塀は深い森に覆われていた。まるで中からひょっこりと狐とか狸が出てきそうな茂みに縁取られた小道を進んでいくと、その先に薄緑色の建物が見えてきた。かつて私が通った学校に併設された教会とはうってかわって、こぢんまりとした素朴な佇まいだった。

この教会を紹介してくれた高校の同級生は、電話口で私に訊ねた。

「なんでしぐさが昔から知ってる教会に行かないの？」

「なんでって……」

「知り合いの神父様もいるでしょう？」

「なんとなくね」

「どうして？」

「身内の話だからさ」

彼女は一瞬何か言いかけたけれど（恐らく、「教会で身内の話以外何を話すの？」と言いたかったのだろう）、その言葉をのみ込んだ様子で言った。

「ＧＰＳでもそう簡単には出てこない場所にあるから、ちゃんと調べて行ってね」

東京のそんな秘められた場所に父を連れて行くことは、なんだか不思議な後ろめたさがあったものの、彼女の「そこの小渕《おぶち》神父様、イチオシだから」という言葉を信じて行くことにした。神父様に「イチオシ」とは、いかにも彼女らしいと思いながら。

教会のドアを開けると、床に敷き詰められたグレーのタイルの上に西日が差し込み、辺りに積もった埃をふんわりと照らしているのが見えた。修学旅行で重要文化財に指定された建物を訪れた時のようなツンとした匂いが辺りを包んでいる。そのあまりの静けさに、父と私は一瞬顔を見合わせた。幼い頃、母に隠れて一緒にアイスクリームを食べた時のような不思議な仲間意識が、そこにはあった。

恐る恐る聖堂の脇を進んで行くと、一番奥の小さな扉がゆっくりと開き、中から神父らしき格好をした男性が顔を出しこちらに向かって小さく頭を下げた。

「藤田でございます」

父の声があまりに大きく響いたので、私は思わず父の腕をつついた。父も、その場に不釣り合いな声がよほどはずかしかったのだろうか、素直にうん、と頷いた。

「どうぞこちらにお入り下さい」

神父は私たちを手招きすると、再び扉の向こうに吸い込まれていった。父を見やると、いつになくその顔が強張っているのがわかる。

「大丈夫」

そう父に声をかけて、これではまるで幼稚園見学のようだと思いながら、私はめずらしく父の前に立って扉のほうへと進んで行った。


「私事で恐縮ですが、この五月に病が見つかりまして、まあごらんの通り普通に生活しているんですが、率直に申し上げますと、癌の宣告を受けております」

父がそう切り出すと、小渕神父は黙って頷いた。父は、自分が話し続けてもよいものかどうか感触を確かめるように、話を続けた。

「残された家族の為に、出来る限りの準備をしておきたいと、そういう風に思いましたところ、娘が幼い頃に教会に通っていた経緯もございまして……教会の雰囲気といいますか、葬儀などに出席させていただいても非常に心がおだやかに感じることが多々あったものですから、今回彼女に頼んで段どってもらいました次第です」

「段どる」という言葉がこの場合にふさわしいのかどうかは別として、小渕神父は父の言葉をひとつひとつ確かに受け止めましたという様子で、口を開いた。

「洗礼をお受けになるには、普通は何ヶ月か聖書の勉強会などに参加してキリスト教というものを理解していただく必要があるんです。けれども、藤田さんのように……」

小渕神父は一度口をつぐんだが、改めてこう続けた。

「……ごめんなさいね、藤田さんのようになかなか難しいご病気でいらっしゃったり、もう危篤ではあるけれどもご家族が洗礼を授けたいという場合には、いつでも洗礼を授けることが出来ます」

「そうでございますか。そう伺えると、大変有難く思います。私はまあ、今から信心深くなろうとか、そういうことではございませんので、心穏やかに過ごせる場所を探したいという意味での、希望でございます」

父は少しほっとしたような笑みを浮かべて言った。

「お嬢様が、カトリックなんですね?」

小渕神父が急に話題を転換したので、私はアハハと情けなく笑った。

「この子はそう清く正しく生きているようではありませんが……」

言葉が詰まる私の隣で、父はここぞとばかりに助け舟を出してくる。

「申し訳ありません」

なんだか私も謝ってみた。

太陽が更に傾いてきたのがわかった。室内は、暖房が効いていないのか肌寒い。神父は毎日この薄暗い部屋の中で祈り、考え、神と対話しているのだろうか。女性と交わることもなく、祈り、信者たちの悩みを聞き、一般社会とさして変わらぬ小さな人間関係や手続きをこなし、そしてまた祈る。彼はそうやって年をとり、やがて死んでいく。

けれど同時に、神父と対峙する父もまた、別の形をした孤独の中にいるようだった。二人の間には、二人にしかわからない細く透明な糸がひっそりと横たわって、他を寄せつけないようにも見えた。

小渕神父は言った。

「藤田さんが必要な時、教会はいつでもここにあります」

教会を出ると、父は先ほどと明らかに声色を変えて私に言った。

「いいよねこういうほうが。なんていうか、感じがいいじゃない。坊さんにあーだこーだ言われたってさ、わかんないもん。死んだほうも生きてるほうもさ」

「まあね」

私は答えた。

「お前の教会はどうしたんだよ、こんな山奥の教会連れてきて」

「いいじゃない、こういうほうが味があってさ」

「葬式に味も何もあるか」

「そういうの求めてんでしょ？」

「何が」

「何がって、味とか雰囲気を求めてんでしょ？　お葬式に」

「誰がそんなこと言った」

「誰って、今言ったじゃない」

「馬鹿いうな、葬式に味も雰囲気もあるか」

父は突然不機嫌になった。

「のどかわいた。スタバあるかな、この辺。お前が全然役立たずだから喋りすぎた」

父は吐き捨てるように言うと、私の前を足早に歩いて行った。もう来た道を覚えたようだ。私は遅れてたまるかと必死に父の背中を追った。決して追い越してしまうことのないように、一定の速度を保ちながら。

9

「なぜあんなに元気なのか、不思議です」

太田《おおた》先生は言った。太田先生は、父の担当医だ。数ヶ月前から担当になった年若き医師は、父と週一回の面談を繰り返し、病状を見守ってきた。しかし今、ここに父はいない。

「やっぱりそうですか……」

そう言って母は老眼鏡の縁を摘んでかけなおした。

癌の進行を詳しく検査する為、数日間の検査入院をしていた父から「十二月二十日に医師の説明あり。家族の同席が望ましい」とメールが届いた直後、病院から自宅へ電話があった。

ご本人への説明の前に、ご家族とお話がしたい、と。

「これは全部、癌ですね」

面談が始まると、太田先生は父の肝臓に見立てた青い枠線の中に、赤い色鉛筆で無数の輪を描いた。

「増殖していると……」

母がそう言うと、先生は絵を描くまでもなかったという様子で大きく頷いた。続いて次々と検査結果を見せながら病状がいかに深刻かを訴え続けたが、私たちはただ黙って頷くほかなかった。もしかしたらこの世に起こるあらゆる非常事態は、その当事者にとって沈黙と静寂以外の選択肢を持たないのかもしれない。

「率直に言うと、あとどれぐらいなんでしょうか？」

先生の説明がひととおり終わったようだと悟った私は、口を開いた。

「藤田さんは、今崖の縁ギリギリの所に立ってるんですね。もうギリギリ。その先はない。だから何かちょっとしたことに背中を押されたら、転げ落ちてしまう」

太田先生は、彼の癖なのだろうか、頭を小さく掻きながら言った。

「時間的なことをあえて区切るとしたら、年内もつかもたないか……」

想像を超えた時間の短さと、やはりそうなのかという諦め、二つの感情が雪崩のごとく押し寄せてきた。あたりが、ぼんやりしている。

何も知らなかった訳ではないのだ。毎日、父を見てきた。朝起きて顔を見ると、昨日より何歳か歳をとったような父がそこにいた。いつもの距離で息を切らし、トイレでしりもちをつき、茶碗一杯のご飯も食べるのが億劫になりつつある父を、私たちは見てきた。けれど、同時に見ないふりもした。父が、見ないでくれ、と言ってるような気がしていたから。こんなに弱りつつある私を見ないでくれ、どうか前のままの父親でいさせてくれと。だから皆で、視線を逸らした。

「この後の主人との話では、どこまで話すおつもりですか？」

母が訊ねた。

「それは皆さんのお考え次第です」

太田先生は力強く言った。今ここで、結論を出さなくてはならない。もはや父に選択を迫ることは出来ない。父はもう、かつての父ではない。

年末までは、あと二週間に満たなかった。

言わないで下さいと私は言った。あと二週間だとは、言わないで下さい。先生が聞き間違えないように、二度繰り返した。

「わかりました。では、二週間という言葉は控えましょう」

太田先生はそう言って、父のデータが映し出されたモニターに向き直り、カチカチとマウスを鳴らした。

部屋を出ると、そのまま十二階の父の病室に向かった。私は深く呼吸をして、相部屋のカーテンを開けると、いつものパジャマを着た父が布団もかけず目を開けて横たわっていた。

「こんばんは」

父は、すぐに反応をしなかった。やはり一昨日来た時よりも、少しやつれたように見える。

「ママは？」

父が訊ねた。

「まだ来てない？」

私はつとめて明るく聞き返した。

「来てないよ」

「あと十五分で始まるのにな、ほんとあの人ルーズなんだから」

「もうそろそろ来るでしょ」

私は言った。

「あんたも似てるから気をつけなさいよ、そういうとこ」

父はベッド脇の引き出しのほうを見ながら言った。サイドテーブルの上には、夕食が手つかずのまま置かれていた。

「食べたくないの？」

「食欲ないの」

「お母さんが、持って来た海苔の缶全部食べたって怒ってたよ。塩分強いのにって」

そう言うと、父は子供のように私の言葉におし黙った。

「眼鏡、壊れちゃったんだって？」

急に静かになった父が少し可哀想になって話題を変えると、父はうんと小さく頷いた。この一週間足らずの入院中に、父は夜中手洗いに行こうと立ち上がって病室のベッドから落ちたと聞かされていた。そしてそのはずみで、かけていた眼鏡を割ってしまったのだと。

「そこ、開けてごらん。一番上」

父が言った。引き出しを開けると、そこには無惨に壊れた父の縁なしの眼鏡が申し訳なさそうに横たわっていた。

「あれまあ」

「可哀想でしょ」

父が愛おしそうに壊れたメガネを見やった。

「どうする？」

「どうしようか」

「まあ作り直すしかないよね」

私は眼鏡にそっと触れた。

「また金かかるな」

父は大きなあくびをひとつした。

目の前の父がどうしても、あと二週間でいなくなるとは思えない。

父はベッドからゆっくりと体を起こした。

「早めに下降りようか」

父はベッドからゆっくりと体を起こした。常日頃父は、待ち合わせには三十分前に行って待ってるほうがいいのだと言っていた。そのほうが、ずっと安心するのだと。


一時間に亘って行われた医師から父に向けた病状説明は、終始かすかな罪悪感に覆われて、しかし父だけが生へのエネルギーを放っていた。父が目を見開いてどうすれば状況がよくなるのかと訊ねれば訊ねるほど、私たちは一ミリずつ真綿で首をしめられるような、ねっとりした感情に包まれるほかなかった。

「要するに、今の抗がん剤では今後の効果はのぞめないと」

父はあくまでさっぱりとした口調で医師に訊ねた。

「まずは、体のバランスを整えることが最優先ですね」

太田先生は言った。

「非常にギリギリのところに立っているんです。ですから、もうその先の余裕がないんですね」

「はい、わかります」

父は大きく頷いた。

「まずは状況を整えると」

太田先生は、〝嘘をついてはいない〟というボーダーラインに立って、私たちとの共謀関係を守り続けているように見える。そうその調子、大丈夫、問題ない。心の中で互いに声をかけながら、私たちの会話は危うい綱渡りを繰り広げた。

「これから長いお付き合いになるかと思いますが、よろしくお願い致します」

最後に父がそう言うと、太田先生は初めて返答に困った顔をしてこちらこそと笑った。

もう二晩ほど病院に泊まる父の傍らで帰り支度をしていると、母が言った。

「海苔、もって帰るわよ。全部たべちゃうんだから」

「言ったでしょ、先生。食べ物は別に気にしなくていいってさ」

菓子をねだる子供のように父が抗議した。

あなたもうすぐ死ぬのよ。

母からは今にもそんな言葉が口をついて出そうだったが、それをかろうじて押しとどめたかのように見えた。

「消化悪いから、やめときな」

母のかわりに、私が諭した。

チェっと父は舌をならし、そのままベッドにずしりと横たわった。

つまんねーの。死んじゃうなんて。

そんな声が、聞こえてきそうな気がした。

「また明日来るから」

私は言った。

「はいよ」

と父は言って、腕を額の上に乗せ天井を見つめたまましばらくじっと動かなくなった。

帰りのタクシーの中から、ライトアップされた国会議事堂がのっしりと顔をだしているのが見えた。つい今しがた降り出した雨が、建物を照らすオレンジの光をより濃厚に輝かせている。

「先生、すごくいい感じで話してくださったわね」

母が窓の外を見ながら言った。そうだね、と私は言った。

「家についたらおばちゃんに電話しなきゃ」

「なんて？」

「年内厳しいって」

「そんな今すぐ言わなくても……」

私は母のほうを見た。

言わなきゃ。母は外を眺めたままもう一度繰り返した。十日後も厳しいって言われたって、伝えなきゃ。

家につくと、母は予告通り伯母に電話をして、その通りの言葉を告げた。二人の中年女性が、一人の男の死を巡って電話越しに互いに肩を寄せ合い震えている。その時私は、この後ろ姿をしっかり見つめておかなくてはならないと思った。私はなにも出来ないけれど、ただじっと見届けることが今自分に出来る唯ひとつの役目だと思って、いつまでもその背中から目を逸らさずにいた。

二日後、父は予定通り退院し家に戻った。姉の運転する車で父を迎えに行くと、父は私たち姉妹を見るなりこう言った。

「よ、こまどり姉妹」

「こまどり姉妹って誰？」

と私が姉に訊ね、

「漫才師でしょ」

と姉が答えると、父は首を横に振ってため息をつき、さあ行くぞと病室から出て行った。

自宅に帰る道すがら、私たちは父の壊れた眼鏡を新しく作るため、眼鏡屋へと立ち寄った。

いつもは丸の内の大層仰々しい老舗眼鏡店を利用していた父が「もう高いところはいい」と言うので、病院の近くにある安売り店に行くことにしたが、そこはそれまでの父ならば断固として敬遠していたような、眼鏡と美容器具が一緒に売られているようなチェーン店だった。

「とにかくすぐに出来る眼鏡を作って欲しい」

という父のオーダーに、神経質そうな店員はしゃかりきになって父の検眼を始めた。

みぎ。ひだり。ひだり。した。

海賊のような黒い目隠し棒を持たされた父は、懇切丁寧な店員に従って検眼をこなしていく。最初は明らかに面倒くさそうだった父の表情が、次第に真剣味を帯びてくるのが横顔から見てとれた。父は片方だけの目で、その先にある小さな文字を必死に読み取ろうとしている。その時、ふと思った。生きるというのは、ものをよく見ようという意思そのものではないかと。今よりももっと鮮明に、もっと遠くまで見たいとせいいっぱい店員の質問に答える父の姿は、私がこれまで見たどの父よりも真摯な生命力を帯びていた。

一通り検眼を終え、複数存在するレンズの種類をいささか過剰な細かさで説明し始めた店員に向かって、父は言った。

「適当でいいです。もうすぐ死にますから」

店員の表情は一瞬硬直し、すぐ苦笑いに変わった。しかしいつもならば、私の冗談おもしろいでしょう？　とふくみ笑いを見せるはずの父が、その日だけはにこりともしなかった。

兄一家が急遽日本にやってきたのは、父の帰宅から三日後のクリスマスイブのことだった。退院の日、兄に電話をして状況を伝えると、兄はこれからすぐ日本に行くとも、行けないとも言わず、一言わかった、とだけ言って電話を切った。しかし彼はすぐさまチケットを入手し、末娘のパスポートを緊急手配すると、子供たちを連れて日本にやってきたのだった。

停車したバスの中から子供たちが眠そうな顔をして姿を現した時、海風が吹いてきて顔をかすめた。それは肌寒い冬の風だったけれども、懐かしくやさしい匂いがした。

この街はもともと、彼女たちのものだったのだ。彼女たちが生まれ、大きくなり、恋をしてやがて家を出て行く、そのために設けられた海辺の街だった。この数年間、主のいないこの場所で両親と私は、子供のようにぼんやりと彼女たちの帰りを待っていたにすぎない。

自宅までの道のりを、子供たちはその小さな足をヨロヨロと動かしながら懸命に歩いた。里菜は、道の途中にある公園に気づくとワァと目を見開いて指さした。

「ここよくじいじと来たよ」

「そうだね、お家ついたらじいじに教えてあげて」

美奈ちゃんが里菜の手をひきながら静かに言った。

自宅の前に着くと、里菜がドアベルを鳴らした。ドアが開くまでのわずかな間が、遥かな時間に感じてもどかしい。中からガチャリとドアを開ける音がして、最初に見えたのは母だった。

いらっしゃいと満面の笑みで迎えた母に代わって後ろから顔を出した父は、顔をくしゃくしゃにして子供たちを手招きした。

「さあ、寒いから早く家に入んなさい」

そしてゆっくりと顔を上げて美奈ちゃんのほうを見ると、ありがとうね、と父は呟いた。

いいえと美奈ちゃんは高い声で答えると、玄関口でスーツケースやベビーカーを収納していた兄と互いに目を合わせ、又すぐに目を伏せた。

末娘と初めて対面した父は、今にも泣き出しそうな表情でその赤ん坊を愛でると、崇高なものを見るような顔つきで赤ん坊の小さな腕をさすった。

「こんにちは。はじめまして」

赤ん坊はまだ焦点のあわない目を父にむけると、黒目がちな瞳で父を凝視している。あなたが里緒ちゃんですか、会えて嬉しい、会いに来てくれて本当に嬉しいと父は繰り返した。

「こんなに大きくなって、じいじびっくりしちゃった」

父は続けざまに慌ただしく里菜のもとへ駆け寄り、彼女の小さな肩を抱いた。里菜は久しぶりの対面が恥ずかしいのか、父と目を合わせずもじもじと体をくねらせた。

「ごめんね、じいじが行かなきゃいけないのに」

父が里菜に謝る。

「また夏休みみたいだよ」

里菜は言った。

里香は、その傍らで部屋のクリスマスツリーにかけられたオーナメントを興味深そうに見上げていた。きれいでしょ？　と母が訊ねると、里香はうんと小さく頷いて、それでもツリーから目を逸らさない。

やがて父は、この瞬間を逃すまいと孫たちに畳み掛けるように話をし始めた。学校は楽しい？　じいじに英語教えてよ。それにしても三人とも名前が似すぎてじいじまいっちゃったな。話しては笑い、笑っては話す。息つく暇などない。彼女たちは待ってくれない。自分のことを待たずに前へ前へと進んでいく。そのことを一番よく知っているのは、父自身のようだった。


「ビデオ見る?」

兄が突然切り出したのは、我が家にやってきた姉夫婦と皆で夕食をすませ、デザートのクリスマスケーキを食べ終わった時だった。子供たちは、楽しみにしていたケーキを待てずに既に深い眠りについていた。

「いつの?」

姉が訊ねた。

「超古いやつ。しぐさが前ダビングしたでしょ、8ミリフィルム」

兄がテレビ脇の棚を覗きながら言った。

「見たい見たい!」

いつだってノリのいい美奈ちゃんが、代わりに答えた。

「そんなのあるの?」

と母が訊ねると、

「母さんたっぷり出てくるよ、きっと」

兄は嫌味めいた口調で言った。

兄が居間の棚からテープを取り出し、持ってきたビデオカメラに手慣れた手つきで挿入すると、ケーブルでテレビにつないだ。父はソファーの前に腰を下ろし、まだ何も映し出されていない真っ黒なテレビ画面に向かって身をのりだした。

8ミリフィルムのカタカタという音が居間に響き、すぐに白黒の映像が画面に映し出された。

「これなんだろ」

父が首をかしげた。

「随分古いですねぇ」

徳ちゃんが感心したような口調で呟いた。

「俺にもわかんないよ、全然」

父が答える。

「これ、結婚式じゃない？」

母が驚いたように声をあげた。古ぼけた8ミリの映像は、礼服を着た知らない人々が何やらかしこまってスピーチしている姿で埋まっている。しばらく様子を見ていると、高砂《たかさご》で奇妙な微笑を浮かべる父と母のツーショットが映し出された。子供たちからすかさず失笑が漏れると、父は何で笑うんだよ、と口をとがらせた。

続いてカメラは、父の一世一代のスピーチに耳を傾ける母の顔を映し出す。母は、恐らく父が随所で差し挟んでいるのだろう小ネタに時折笑みを浮かべながらも、明らかに心ここにあらずのように見えた。

なんか暗いね母さん、と兄が率直な意見を口にすると、緊張しちゃうんですよね花嫁さんて、と美奈ちゃんが助け舟を出した。いやこれは暗すぎるでしょ、と姉が追い討ちをかけると、だって暗かったもの、と母はあっさりそれを認めた。

「暗かったの？　あんた」

父が意外そうな顔をして訊ねた。

「暗い暗い、超暗い」

母は開き直った風に言い放った。

なんだよあんたってほんとに失礼な奴だなと、父は再びテレビ画面に向き直って、若かりし己の肉体を凝視した。

私は、結婚式当日の母の心境がいかなるものであったかを知っている。以前、母に聞いたことがあるのだ。母が、式場の控え室で泣いたことを。

「泣くんじゃないの？　花嫁さんは、普通」

　と私が訊ねると、母はあんたは世の中のことを何もわかっていないという風に首を振り、そうじゃないわよ。かなしくて、泣いたの、と「かなしくて」の部分をことさら絞るように言い放った。

「なんで？」

「なんでって、嫌だったんだもん、パパと結婚するの」

「戦前じゃあるまいし、嫌ならしなきゃいいじゃないの」

「そんな単純じゃないの。周りからじわじわ固められて、いいわね？　いいわね？　結婚するわね？　藤田さんと結婚するんでいいわね？　って言われて。なんていうの、無実の罪で勾留されてる人が、刑事に取り調べで、いいな？　お前がやったんだな？　って言われ続けて思わず頷いちゃう感じによく似てた」

　それ、いくらなんでもひどくない？　と私は顔をしかめた。

「介添え人のおばさんがね、花嫁さんがそんな風に泣いちゃだめですよって、黙ってハンカチ差し出してくれてね。わかるのね、ああいう人は。花嫁が結婚の嬉しさとか家族との思い出に浸って泣いてるのか、それともお先真っ暗な未来への涙なのか。あの時プロはすごいって思ったわ」

母は妙に感心した調子で言った。

「何がそんなに嫌だったの？」

恐る恐る私は訊ねた。すると母は少しだけ天井を見上げると、

「顔」

と迷いもせずに答えたのだった。

テレビ画面には、母を絶望に追いやった張本人の丸顔が全面に映し出されていた。

あいかわらず父は口元を緩めながら自らのスピーチに陶酔している様子だ。

「お母さん、綺麗ですね」

めずらしく徳ちゃんが感想を述べた。すると父は、今回ばかりは弾むように答えた。

「この人、顔だけは可愛かったのよ」

その翌日、父は危篤になった。

10

朝、母はまだ睡眠を貪ろうとする私の傍らにやってきて、耳元で呟いた。

「パパ、隣にあなたがいるって言うの」

私はここにいて、父の側にはいなかった。けれど父は、私がいるのだという。しぐさがここにいる、と。

私はベッドから飛び起きて、父のもとへ向かった。

父はいつものようにソファーに腰かけ、うつろな目でテレビを見ていた。そして私を見つけると、何をそんなに慌てているんだという目でこちらをチラリと見やり、何事もなかったかのように再びテレビに視線を戻した。

私はここにいるよ、そう言いたい気持ちを抑え、急いで洗面所に行って顔を洗った。

兄の運転で東京の病院に向かう車の中で、父はこれまでの人生で何度も通りすぎてきた街を目で追いながら、私たちにその場所での思い出を洗いざらい話してしまいたいという風に呟き続けた。

ここには昔、あの会社の本社があった。

ここで昔、大きな交通事故を見たんだ。

父の目は焦点が定まっていなかったが、その記憶は痛々しい程に鮮明だった。

病院に辿りつくと、父はもう受付まで歩くのも辛い様子で待合室のソファーに倒れるようにしなだれかかった。兄が私に耳打ちした。

「父さん、かなりまずいね」

私は黙って頷いた。

父の腕に点滴がつながれ、体の中にぽつりぽつりと透明の液体が流し込まれると、父はまもなく眠りにつき、その間私たちは当直の医師に呼び出された。

「血圧その他の数値を見ると、かなり危険な状態です。通常の判断で言えば、入院していただいたほうがいいと思います」

と、見たところ私より若い当直医は言った。兄は訊ねた。

「もう数日だと覚悟したほうがいいですか?」

「危機管理」というのが兄の好きな言葉であり、元を辿れば父がよく使う言葉だった。

「そうですね、正確な日数まではっきりしたことは言えないですけれども、今日明日で何かあってもおかしくはない状況ではあります」

その若い医師は、なんとも気の毒そうな、しかし同時によくあることだという二つの相反する表情を黒縁の眼鏡の奥に浮かべて言った。

処置室の中を覗くと、父は驚いたように目を大きくあけて白い天井を見上げていた。

「大丈夫？」

私が訊ねると、父は目だけをこちらに動かし、大丈夫、大丈夫とはっきりと応えた。

後から兄と母がベッド脇のわずかなスペースに入ってくると、そこにはカーテンで仕切られた家族だけの小さな空間が出来上がった。兄が言った。

「お父さんさ、どうしたい？　ちょっと厳しそうならこのまま病院にいればいいし、家にどうしても帰りたいっていうならさ、車があるから帰ればいいし」

「私はどっちだっていいよ。入院してもいいし」

父ははっきりと声にだした。それを聞いた母がうーんと唸る。

「でもね、家にいて色々談笑したいっていうママの気持ちもね、わかるんだ」

「ただね、やっぱり身体の中みると、結構家だとしんどい状況にはなってると思うんだよね」

兄は軌道修正を試みた。

「そうね。正直ここまでいってるって、想像しなかったな」

父の声がかすかに震えているのがわかった。

「やっぱりお家帰ろうよ」

これまでの会話を打ち破るように、子供のような声で母が言った。兄が母を睨み、母は兄の視線を巧みに逸らして父の手を握った。

「ね？」

母は、もう誰も二人の間に割って入ってくるなとでも言わんばかりの力強さで父の手を握っている。

「でもさ」

父が言った。

「なに？」

「そんなに不幸せだったと思ってないから」

父は私たちを見ていた。そしてこうも言った。

「運命だと、思わないと」

けれど父が初めて口にした「運命」という言葉を断ち切るように、母はきっぱりと言った。

「そうじゃなくて」

母以外にはまるで想像にも及ばない、鋭い切り返しだった。

そうじゃなくて。運命とか、そうじゃなくて。

母はしばらく父の側から離れなかった。やがて父はいつも家でそうしているように母をたしなめ、入院するのがベストな選択なのだと懇々と母に説明した。母は最後まで不服そうな顔をしながら、父の手をさすり続けた。そしてぽつりと呟いた。

いろんなこと、いっぺんに決めないでよ、と。


入院の手続きが終わり個室に移された父は、しばらく病室から見える景色を呆然と眺めていたが、やがて眠りにつくとそのまま延々と眠り続けた。それはこれまで失った眠りを取り戻すかのような、深い眠りであることは明らかだった。

夜になると、私は病室を出て廊下に置かれたソファーに座り、これまでの時間を思いあぐねてみた。癌がわかり、仕事を休み、父と過ごした半年間のことを。しかしそこにあるのは、ただ深い後悔の念だけだった。

もっともらしい言葉など、何一つ言えなかったのだ。早苗さんのように、美奈ちゃんのように、娘として女としてやさしく言葉をかけることは、出来なかったのだ。とても簡単なことなのに、それは私にとって踏み絵のように困難だった。

「俺をそんなに早く死なせたいのか」

そう言われるのが怖くて、笑っていた。いつも通り、二人で笑っていたかった。

クリスマスツリーが暗い病棟をほのかに照らし、辺り一面は果てしない静寂に満ちていた。目を閉じて、私は祈った。かつて全力で逃げ出した神に向けて。もう一度だけ、話をさせて下さいと。その祈りは、心の奥底から放たれる深淵な光の力みたいなものに、どこまでも果てしなく吸い込まれていった。

すると辺りを包む静けさを打ち破るように、低く唸るような男性の声がかすかに廊下を伝わってきた。それは泣き声のようだった。誰かが今、死んだのだろうか。誰かの大切な人が。その場所から窺い知ることは出来なかったが、私は耳を塞ぎ、祈り続けた。次々と沸き上がる強い祈りに突き動かされるうち、だんだんと今が現実なのか夢なのかがわからなくなってくる。そしていつしか私は、ソファーの上で眠ってしまった。

「お父さん、起きたよ」

翌朝、姉の声で目が覚めた。姉は夜のうちに病院にやってきたようだった。

慌てて病室に駆け込むと、寝返りの打てない父はうっすらと目を開いて、じっと前方を凝視していた。

部屋の中では、姪っ子を連れて、美奈ちゃんと私たちの軽食をデパートで買いこんできたらしい徳ちゃんがベッドを取り囲んでいた。

「お父さん」

声をかけても、聞こえているのかどうか反応がない。

大丈夫？　聞こえる？　みんないるよ。

しかし、何一つ反応はなかった。それでも、目を開いた今しかその時はないのだと、私はありったけの力で、恥ずかしいとか馬鹿馬鹿しいとか、わずかに残った自意識も何もかもかなぐり捨てて父にぶつけた。楽しかったこと、感謝していること、後悔していること。

もっと気の利いた、『智恵子抄《ちえこしょう》』みたいな言葉が浮かんでくればよかったのにと今でも思う。けれどその時私が持ち得た言葉は、子供の寸劇のようにあまりに退屈で無防備だった。いつまでたっても代わり映えのない、陳腐な言葉の数々だった。

それでも父は、わかってると言わんばかりに、ゆっくりとひとつだけ瞬きをした。

「聞こえたってこと?」

私が訊ねると、父は再び目を閉じた。今度は少し、頭が動いた。

「じいじ、また会えますからね」

美奈ちゃんが言った。彼女の言う「また」がもうこの世のことを指してはいないと誰もがわかったのは、恐らく私たちが家族だからだろう。

傍らの姉は泣いていた。もっとやさしくしてあげればよかったと言いながら。子供たちのうち、もっとも父に従順で親切だった姉が、そう言ってさめざめと泣いていた。


父の洗礼のことを、まるで遠足のおやつのように慌ただしく思い出したのは、入院から二日目の午後だった。このままでは、父の段どりは台無しだ。せっかくここまでやってきたのに、クリスチャンになれないまま死んでしまっては、元も子もない。

一階に降り、人気のない待合ロビーから教会に電話をかけた。発信音を聞くと、まるで病院と森の教会が細くて長いトンネルで一本につながっているような気がした。

「もしもし」

あの時と変わらない、おだやかな小渕神父の声がした。

「もしもし。先日お邪魔しました藤田です」

「藤田さんですね」

神父の声は、まるで私からの電話を待っていたかのようだ。

「実はですね、父の容態が急に悪化しまして昨日入院したんですが、もう数日なんじゃないかというところでして、洗礼のご相談を……」

「そんなに急に……」

神父の声はそれでも深く静かだった。

私たちも驚いているんですがと言いながら病院の場所を伝えると、神父の言葉がしばらく止まった。

「ごめんなさい、あなたのお名前は……」

「しぐさです。藤田しぐさです」

「しぐささん、では、あなたがご自分でやられたらどうですか?」

一瞬、つき放されたのかと思うような意外な言葉だった。

「私が、ですか？」

「ええ。今から病院に伺えば、最低でも二時間弱はかかります。言葉を選ばずに申し上げれば、その間に意識がなくなるかもわからない。しぐささんはキリスト教の信者さんでしたよね。こういう場合は、あなたが洗礼を授けて差し上げることが出来るんですよ。今から私が言う言葉、メモにとれますか？」

私は、言われるがままに受付にあったメモとペンを摑みとり、神父の言葉を待った。

「おねがいします」

「藤田慎治《しんじ》さん、あなたに父と子と聖霊との御名《みな》において……で、ここで水があればそれで額に十字架を切って下さいね」

水で十字架、と私はメモに書きなぐった。まるでレシピのメモのようだった。

「……聖霊との御名において、洗礼を授けます。アーメン。以上です」

「以上ですか？」

「以上です」

「これで、キリスト教ですか？」

「それでキリスト教です。そのあと、主の祈りを読んで差し上げるのもよろしいかもしれません」

「わかりました。ありがとうございます。やってみます」

そのあまりのシンプルさに、他にも何か聞いておくべきことがあるんじゃないかと思って、少し考えこんでしまった。しかし神父はその迷いを打ち消すように、きっぱりと言った。

「しぐささん、いつも、ずっとお祈りしています。あなたとご家族の為に」

これまでもこれからもそう言い続けるのだという揺るぎない言葉の強さが、そこにはあった。

病室に戻り、父に洗礼を受けたいかと訊ねると、父はコクンと頷いて目を閉じた。やがて私が神父に伝えられた通りにぎこちない洗礼を授け終わると、父はゆっくりと目をあけ、私を見つめて言った。

「ずっとね、こうしたいと思ってたの」

洗礼名は、パウロとした。本が好きだったから、遠藤周作《えんどうしゅうさく》と同じ洗礼名にした。

その夜、一度荷物をとりに兄妹だけで東京の自宅に戻った。

慌ただしく部屋の中を駆け回り、順番にシャワーを浴び、互いに声をかけあいながら必要なものを揃えていると、いささか自分たちが窃盗団のようにも思えてくる。次にこの部屋に戻ってくる時、もう父は死んでいるのだろうか。そう思うと家の中の物すべてが怖くなって、ただひたすら必要なものを無心で鞄に投げ入れた。

準備が整い、再び病院に戻る前に「ちょっと一息つこう」と言って姉が紅茶を差し出した時だった。湯気の立つカップを口に運ぼうとしたその瞬間、私の携帯が場にそぐわぬ音を立てて鳴り響いた。

「ママじゃない？」

姉が言う。電話は、確かに母からだった。

「もしもし」

「しぐさ？」

「うん。何かあった？」

「パパがね、泣いてるの」

「泣いてる？」

「死にたくないって、泣いてる。こんなはずじゃなかったって。家に帰りたいって言ってる」

母の声が震えていた。

「今すぐ行くから」

そう言って電話を切った。

「母さんだったの？」

と兄が訊ねた。

「うん。泣いてるって。お父さんが。家に帰りたいって」

「行こう」

兄が席を立った。姉は淹れたばかりの三人分の紅茶を黙って流しに移した。

病院に戻ると、暗い室内で母は父の手をとり、子供のように眠る父を見守っていた。母は私たちを見るなり、もう大丈夫という風に黙って頷くと小さなため息をついた。

「混乱してるんだよ、突然こうなったから。親父に必要なプロセスが全部すっとんでるから」

兄が言った。

「パパ、唇がかわいちゃっててかわいそう」

母は兄の言葉が聞こえないのか、父の口元をスポンジで湿らせた。八畳かそこらのグレーの壁でこしらえられた病院の個室は、最期の時を家族皆さんで過ごして下さいと病院が勧めてくれたものだった。父は時折しっかりと感覚を取り戻すと、自らのいる場所が個室だと悟り「コストが……」と呟いたりもしたが、それでも私たちはここにとどまった。

夜中に父が目を覚ました時淋しい思いをしないよう、誰か一人が父の視界の先にいることにし、そのルールを忠実に守るよう互いに求めた。しかし幾晩も眠らずにいると、気がつけばベッドやソファーになだれ込み、眠りたくないのに自然と深い眠りについていてしまう。いけない寝てしまった、父を一人にしてしまったと慌てて飛び起きると、必ず誰かがきちんと父の手を握っているのが見えて、ほっとする。一度も喧嘩はしなかった。家に集まれば必ずひとつは揉め事の種を見つける私たちが、父を無事に死なせるという命題のもと、いつになく互いをいたわり合い、譲り合った。

その時私が願ったのは、父の死を妨げることではなかった。父にはただ、この世界から離れることを悲しんで欲しくなかったのだ。もし目の前の父が死の恐怖の中にいるならば、なんとしてもその芽を取り去ってやりたい。それが唯一つの願いだった。

幾日目かの夜のことだ。あいかわらず簡易ベッドで眠り続ける私の体は限界で、気がつけばぐったりと身体を横たえていた。すると頭の上のほうで、何やらひそひそと家族の声が聞こえてくる。その声で眠りを遮られながら、それでも眠たくて仕方がないのだが、秘密の話をしているようにも思える会合に自分だけ加われないのかと思うとそれはそれで複雑で、結局身を振り絞るように起き上がり父の側に寄り付いた。そう思うのは私だけではなかったのだろう。順に一人二人と集まって、結局最後にはわずかに照らされた小さなヘッドランプのもと、家族全員で円陣を組む格好となった。私たちは、まるでチームだった。何の因果か、家族という名のもとこの世に集められた人々。今戦力の一人を失いそうになって、夜な夜な最後の作戦会議をしている。

父は続々と集まって来た家族の顔を一人一人目で確認すると、幼い子供のようににっこりと笑った。これまで孫にだって見せたことのない、おひさまのような笑顔だった。

楽しかったねと皆で言い合った。そうだね、本当に楽しかった。沢山喧嘩もしたけれど、本当に笑ったよね、と。

大きく目を開いて私たちを見ていた父は、最後にいつになく明瞭な声で叫んだ。

「またみんなで遊ぼうな!」

誰一人父の言葉に驚かず、「おー!」と試合前みたいに私たちは声を揃えた。

翌朝、荷物をとりに再び家に戻った母と兄に代わって、私と姉だけが病室に残った。外は、冬晴れの美しい青空が一面に広がり、鳥が円を描いて空中をさまよっていた。

先ほどまで寝ていた父がうっすら目を覚ますと、その姿勢のままじっと窓の外を見た。視線を動かさず、ただじっと。空が綺麗だねと姉が声をかけると、父は小さくコクリと頷いて、ママに見せたいなぁと呟いた。

後に、姉と話したことがある。あの時の「ママ」は、妻のことだったのか、それとも父の母のことだったのかと。色々推測して、両方のママだねきっと、と言い合った。自分がこの世で最後に見た美しい世界を、ママって呼んでいたすべての女の人に、見せてあげたかったんだねと。

父が死んだのは、入院から五日目のことだった。

なぜだか突然苦しんで、のたうち回り、家族皆で父を押さえこんだ。急いで痛み止めの薬を打ってもらったら、そのまま吸い込まれるように心臓が止まった。まるでこの世で生きる苦痛から最期の一滴を絞り出すような、そんな終わり方だった。

「おつかれさん」

兄が父に声をかけた。普段と何一つ変わらないトーンで。

当直の医師による、きわめて事務的な、けれどもこれ以上のやり方は他に見当たらないと思われるしごく真っ当な死亡宣告の後、看護師たちは父を霊安室に運ぶ準備を始めた。出来るだけ早く病室から撤退していただけると有り難いと告げられた私たちは、父を傍らに放置していそいそと身支度を始めた。余ったゼリーはこの紙袋に入れて、冷蔵庫の果物は先生たちにお渡ししようか？　でもそれは相手も気持ち悪がるんじゃないかしらなどと会話するうちに、側で眠る父は果たして本当に死んでいるのだろうか？　という気すらしてくる。

もうちょっと静かにやりなさいよ。私死んでるんだよ。

短い首を持ち上げて今にもそう言い出しそうな父の横で、私たちは黙々と作業をこなした。言わばランナーズハイみたいな奇妙な明るさが私たちを取り巻いていて、同時にそれは見送った者にしかわかり得ない複雑な種類の達成感でもあった。

パジャマからスーツ姿に着替えをほどこされた父は、真っ暗な廊下を通って霊安室に運ばれた。部屋に到着した途端、待ち構えていた係の男性から、

「お一人ずつご遺体に合掌をお願い致します」

と告げられ、言われるがまま厳かに手を合わせたが、その後皆で顔を見合わせ、首をかしげた。今の一体、何だったの？　と。

ほどなくして太田先生とその部下たちが、これまでで最も気弱な表情を浮かべてその部屋にやってくると、彼等も又父の遺体の前で手を合わせた。その背中は、もう何千回何万回と同じ場面に遭遇し続けてきて、それでも完全には消し去ることの出来ない独特の悲しみを孕んでいるように私には見えた。

やがて父を乗せた車が自宅に到着すると、大人四人がかりで部屋まで運んだ。喪服を着た見ず知らずの男たちが、父親の身体を必死になって布団の定位置に納めようとする姿を見てもなお、父はまだ私の傍らにいるような気がした。先日まで寝ていた布団に横たわったスーツ姿の父は、なんとも奇妙なアンバランスさを放ち続けていて、遺体を見下ろしても涙ひとつ出ない。家族も又、ドライアイスはいつまで

もつのかな？　今晩何を食べよう、家にあるものを食べる？　まず従姉妹には電話しておこうかなどと、さして緊急を要していないことを次々に並べ立てて、誰一人悲しみに浸ろうとする気配はなかった。


「お父さん、通夜まで冷凍庫入れとくから」

まだ少し凍ってじゃりじゃりしたマグロをなんとか喉に流し込んだ時、突然兄が言った。その夜は、母の「冷凍マグロがありました」という一言で、解凍したマグロをレンジで加熱したご飯の上に載せただけの鉄火丼が、食卓に並んでいた。それは私たちが家族を失って、初めて囲んだ食卓だった。

「冷凍庫？」

私は低い声で兄に訊ねた。

「傷んじゃうから」

「お父さん冷凍庫入れるの？」

「そう、通夜までね」

「仕方ないね、傷んじゃうと可哀想だもの」

母は予想に反してあっさりと兄に同意した。

姉は口に入れていたマグロをすばやく飲み込むと、黙って箸をテーブルに置いた。

「嫌だ！」

私は声をあげた。

「そんなの可哀想だよ。お正月に一人で冷凍庫の中なんて」

「葬儀屋も言ってたんだよ。正月挟んで時間があくから、入れたほうがいいって」

「そんなの、自分たちがお正月にドライアイス持ってきたくないから言ってるんだよ」

「そうじゃないって。普通の葬儀より時間があくからさ……」

「仕方ないよ、お父さん可哀想だけど、ここにいておかしくなるほうが可哀想でしょ？」

見かねた姉が口を挟んだ。

おかしくなる。父が、生物として朽ち果てていく。

「みんなひどいよ。お父さん可哀想だよ。一人で冷凍庫なんて入れられたら可哀想だって」

冷たく凍った父の身体を思い浮かべながら、私は刺々しい声で抗議し続けた。

「どうしちゃったの？　しぐさ」

兄は自分の子供を諭すように声をかけてきたが、私は止まらなかった。お父さんを冷凍庫に入れるなんて、ぜったいに嫌だ。

母はもはや一家をまとめる強い母ではなく、夫を失ったばかりの無力な中年女性という立場を甘んじて受け入れ、そのやりとりをじっと聞いているにすぎなかった。そして手持ち無沙汰を解消するように、皆が少しずつ食べ残した鉄火丼の入った器を流しに運んでは、中身を三角コーナーにバサリと捨てた。

結局、父は翌日冷凍庫に運ばれた。正確には何と呼ばれる場所なのかとうとうわからずじまいだったが、遺体が腐敗しないように保管するひどく冷たい場所であることは確かだった。

「ご希望でしたら、いつでも面会が可能でございます」

去り際に葬儀屋から保管場所が書かれたコピーを手渡されたが、きっと誰も会いにいくことはないだろうと思った。幾十もの遺体が並ぶ無機質な場所におずおずと出かけて行って「お父さん元気だった？」なんて間抜けな声を出す気には到底なれない。

目が覚めた時淋しくないようにと皆で交替に手を握り続けたあの時間が嘘みたいな、残酷な仕打ちのように私には思えた。父はまだ父という名の人間なのに、もう以前の父ではない。カチンコチンのお父さん。

父を乗せた車がはるか遠くに見えなくなっても、私は家の前でぼんやりと立ちすくんでいた。


告別式当日は快晴だった。冬の、ぴんと張りつめた空気が教会の森を厳かに包み込んでいて、それは何故か中学校の時毎年教会で開かれていたクリスマスバザーを思い出させた。

都会から少し離れたこの森に父とやってきたのは、わずか一ヶ月前のことだ。小渕神父は、私とその背後に連なる家族の姿を見るなり、頭を深々と下げて言った。

「よくいらっしゃいましたね」

教会に慣れない姉と兄は、その言葉に一瞬ひるんだように見えたが、持ち前の瞬発力で感じのいい笑みをうかべ、頭を下げた。

「主人も本当に喜んでいると思います……神父様わたくし、本当に教会でやれますことを嬉しく……まあ嬉しいというのも表現がおかしいですけれども、やはり神父様のような方に温かく送り出していただきたいというのが主人もわたくしたちも願っていることでしたので……」

母はそう言って一気にまくしたてた。神父も、常に彼がそうしてきたように、相手がすべてを吐き出す最後まで終始押し黙って頷いていた。

小渕神父が取り仕切る葬儀は、その道のプロとも言うべき完璧な進行によって、まさに滞り無く行われた。キリスト教徒である会社の同期が聖書を朗読し、学生時代からの親友が弔辞を読む。会場を取り囲む白い花は、寂しすぎず華美すぎないよう、母と二人で考えた末の分量だった。

弔問客は式次第を見ながら、時折連呼されるアーメンという声に乗り遅れぬよう幾分緊張しているようにも見えたが、やがて話が父の生前に及ぶと、皆何かの講演でも聴くような、真剣なまなざしで耳を傾けた。

教会のステンドグラスから昼の光が差し込み、弔問客をほのかに照らしていた。その光景はどう見ても、悲しみからは無縁のもののように私には見えた。よくも悪くも、人間のつながりは葬式という形をもって一応の終わりがもたらされる。生前故人との関係がどうであれ、葬儀に参列することは生きている人間にとって故人以上に新たな旅立ちを意味するのだろう。さようなら、でも私はまだ、生きて行くよ。そうやって人は知らず知らずのうちに自分から死んだ人間を切り離して行く。

秋の初め頃、父が言ったのだ。

「葬式は、近親者のみにして下さいよ」

「近親者って何？」

と私は訊ねた。

「お前は近親者も知らないの？」

「わかるけど、ちゃんと説明してよ」

「親しい人と親戚って意味だ」

「その人たちだけ、来て欲しいの？」

私が訊ねると、そう、基本的にはそうして欲しいのと言って、父は何度も見直してはその複雑さに首を傾げながら、処方された大量の薬を仕分けていた。

だから葬儀の最中、弔問客の中に瀬尾の姿を見た時は何かの間違いだと思わずにはいられなかった。瀬尾は、会社から伝えられた近親者のみという言葉を思いきりスルーして、東京から幾分離れたこの馴染みのない街までやってきたのだ。

葬儀が終わり、出棺までのわずかの間を見て私は彼の姿を捜し、駆け寄った。

「瀬尾さん、わざわざ来て下さったんですか？」

すると瀬尾は、おお、とだけ言って視線を逸らした。サイズの合っていない瀬尾の喪服を上から下まで眺めると、そんな見んなよと瀬尾が言った。

「すみませんわざわざこんな所まで。大丈夫なんですか？　ロケ」

私が訊ねると、瀬尾は大丈夫だよ、半日ぐらい俺がいなくてもなんとかなるってわかってるだろお前、と言いながらポケットに手を突っ込むので、すみません寒いですよね、風邪ひかないで下さいねと私はたたみかけた。すると瀬尾は、あいかわらず私とは目を合わせぬまま、言った。

「お前のそういう博愛主義も、たまには意味あったんじゃないの」

礼を言うべきなのかどうか考えていたら、傍らからまもなく出棺となりますので皆様中央出口にお集まり下さいと葬儀屋の声がした。ほら行けよ、と瀬尾に促され、私は結局無言のまま小さく頭を下げて親族のほうへと立ち去った。

父を乗せた車は、太陽の陰り出した教会の門をくぐり、火葬場へと走り出した。神父とともに車に乗り込んだ私がふと後ろを振り返ると、そこに無数の弔問客の姿がいっせいに飛び込んで来た。キリスト教徒も仏教徒も無神論者も、皆一様にこちらに向かって手を合わせている。

その時一瞬、私の目は父になった。生きとし生ける者と去り行く者の狭間に立たされた私は、目の前の生ある人々の視線を受け止めようとして、得体の知れない奇妙な感覚にたじろぎ、それでも視線を逸らすことが出来なかった。

車が走り去り、彼等の姿が小さくなって誰一人見えなくなると、やがて東京の狭い冬空だけが、そこに残った。

11

父の葬式を終えた五日後、兄一家はアメリカに戻った。

帰国前日のことだった。長女の里菜と私はベッドの上に並んで座り、おしゃべりをしていた。将来何になりたいの？　アメリカはお天気がいいよね、また遊びに行ってもいい？　と、たわいない話のなかで自分の未来を身振り手振りで必死に語る里菜の横顔を見ていたら、ふいに聞いてみたくなった。

「じいじのこと、忘れないでいてくれる？」

すると里菜は、何変なこと言ってるの、どうしてそんな馬鹿みたいな質問するのという具合に目を開くと、

「ああもちろん。だってじいじはもうここにいるから」

と、自分の小さな胸を拳でトンと叩いた。

彼女たちが帰ったあと、姪っ子たちが使っていた無添加の石鹸をお風呂場で見つけると、それだけで胸をしめつけられた。そしてしばらくは、夢の中にいるようだ

った。朝起きて、父の寝床を見る。そこにも、パソコンの前にも、本棚の前にも父はいない。何故いないのかと考えてみて、ああそうだ死んだのだと思うのだけれど、死んだこととどこか遠くに旅していることの違いがいまひとつリアルに迫っては来ない。

「不思議だね。もういないんだね」

居間で紅茶を飲みながら、母が言った。ほんとに不思議だねと、姉と私も続いた。つい数日前まで、喋ってたのに。口元をちょっと歪ませて、馬鹿言ってんじゃないよと言いながら目を細めて。でももう世界中どこにもいない。

母は、生きている時には想像も及ばなかったオリジナルな執着を父に示すようになっていた。

「これ、あなたにぴったりだから持って行きなさい」

と、父の服のほとんどを兄に譲り渡した直後、泣きながら全部返して欲しいと兄に迫ったりもした。わかったよ、全部一つ残らず送り返すよ、ただし親父の匂いまでは保証しないからね、と兄はアメリカから高い輸送費をかけて服を戻して来た。

思えば、母の物への執着は今に始まったことではない。母はこれまで失って来た家族の遺品を、どんなにガラクタだと家族に馬鹿にされようと、決して手放そうとはしなかった。

一方父は、一切の物に執着を残さなかった。唯一の例外として、死ぬひと月前にこれまでの人生で読み溜めた本の内売っていいものとそうでないものを完璧に整理し、ここに残っている本だけは売らないでね、これは僕の財産だからと皆に告げた。

「面白そうなものから、読んでいこうと思うの」

と母は嬉しそうに言ったけれど、母が読めるような本は一冊もないように見えた。

ある晩、風呂から出たばかりの母が私を呼ぶ声がする。居間に行くと、母の髪は濡れて顔にまとわりつき、突然にして老いてしまったように見えた。髪乾かさないと風邪引くよ、と私が言うと、うん、だけどその前にこれやってくれない？　と、母は赤いマニキュアの瓶を差し出してきた。

「塗りたいの？」

「そう。足にね。でも腰が痛いから、ちょっとだけお願い」

私は足の爪なんていいじゃない、誰が見る訳でもあるまいしと言いながら瓶を受け取ると、母の足の爪にマニキュアを塗りはじめた。

「ああ気持ちがいい。人に触られるって、すごく癒されるわ」

母が言った。母の爪は長い間整えていないので形が悪く、表面に凹凸もあって塗るのが難しい。

「パパが死ぬ二週間ぐらい前なんだけどね、夜中に、パパ起きてる？　って聞いたの。結構前から、時々ふと目が覚めて不安になって声かけてたのよ。息してないんじゃないかって思って」

　私は黙って聞いていた。

「それでその晩もね、大丈夫？　って背中越しに聞いたら、ああってぶっきらぼうに答えたの。それでね、その時に思い切って言ったの。ほんとはパパに感謝してるって。だから死なないでねって。そしたらパパ、何て言ったと思う？」

　私はほとんど無くなっている小指の爪にかろうじて赤い印を塗りながら、さあ……と無愛想に答えた。

「もう遅いって言ったのよ」

　母はそう言って笑った。パパらしいわよね、もう遅いって。ほんとに遅かったわ全然、と母はもう一度笑った。その声からは涙が混じっているような響きがした。

　そのまま母の足にマニキュアを塗りつづけているうち、私はふと怖くなった。かつて母と私がへその緒でつながっていたあの頃のような近さを感じて。

「出来たよ。しばらく乾かないからね」

私はマニキュアの瓶を固く閉めると、母を居間に残して自分の部屋へと戻って行った。

「しぐさ、ディズニーランド行かない？」

香典返しやら何やらでまだ十分喪中のまっただ中にいた私をディズニーランドに誘う近藤君の表情はさしていつもと変わらず、むしろいつもより無邪気に見えた。

「あの、私一応喪中なんですけど」

私はひかえめに言ってみた。その日もまた、私たちは駅前のパン屋で待ち合わせをしていた。帰りに買えばいいのに、いつも出会ってすぐ買おうとするのは、パンはいつか売り切れてしまうのではないかという根拠のない思い込みのせいだ。

「喪中の人はディズニーランドに行ってはいけない？」

近藤君は言った。

私は少しムッとしつつも考えてみた。しかしどんな顔をして、ジャングルクルーズのお兄さんのダジャレを聞けばいいのか、うまく想像が出来なかった。

「行きたくないなら、話は別だけど」

彼は私が手にした食パンをひょいと取り上げて、いつものようにレジに向かった。

「近藤君ディズニーランド行きたいの？」

「そうだよ」

「それって、なんていうか、近藤君にミスマッチよね？」

「それは偏見じゃないの？」

彼は眉間に皺を寄せた。

「何で？」

「何でって？」

「何で行きたいの？」

「それは、行ったことないから」

近藤君は店のドアを押さえて、私が出るのを促しながら言った。

「近藤君、行ったことないの？　ディズニーランド？」

「おかしい？」

「デートとかでもないの？」

私はどうしても近藤君とディズニーランドの関係が気になって、しつこいけれども訊ねた。

「ないね」

「行きたいって言われなかった？」

「言われた」

「ほら」

「ほら何だよ」

何故近藤君は今になって、父親を亡くしたばかりのこの私をディズニーランドに連れ出そうとしているのだろう？　まさか、気分が明るくなるようになんて乱暴な発想ではあるまい。

「タダ券、あるからさ、二枚」

近藤君は駅に向かって歩きながら言った。

「なんだ」

私は言った。ここら辺で反論を終わりにしないと、父に怒られそうな気がしたので。すると近藤君はすごく満足そうに、タダでディズニーランドに行けるなら、行っておいたほうがいいでしょと私をなだめた。

近藤君とバス停で別れると、私は小堀さんにメールを打った。父が亡くなりました、と。すると十分もたたない内に返信が来て、「お店においで。なるべく早くね」という文章とともに、熊がかけっこをする巨大な絵文字が添付されていた。

翌週、近藤君はいつもとかわらず平然とした顔で京葉線に揺られながら、時折窓の外を見やっていた。平日の昼間に行われる大人二人の遠出はどこか後ろめたいくすぐったさが同居していて、私はその違和感を打ち破るように言った。

「まだシンデレラ城は見えませんよ」

「何それ」

近藤君はそう言って携帯をいじりだしたので、それ以上何も言わないことにした。園内に着いて入り口のアーケードをくぐると、懐かしい香りが辺り一面に漂っていた。

「なんか思い出すな」

思わず私は言った。

「何を思い出すの？」

「いろいろよ、いろいろ」

「なんだよそれ、感じ悪いな」

「何から乗る？」

近藤君の顔を覗き込んで訊ねた。

「任せる」

彼は言う。この日の為に勉強してこられるよりはずっといいやと思って、よし、任せてと私は効率よくアトラクションをまわるべく地図を片手に奔走した。近藤君は親戚のおばさんに連れて来られた子供のように素直に私の指示に従い、初めてのディズニーランドに一喜一憂することも、かといってつまらなそうにすることもなく、黙々とノルマをこなしているようだった。

ビッグサンダー・マウンテンの列に並び、ゆるやかなスロープを登っていると、父と最後に行った神戸旅行の情景が、古い8ミリを再生するように胸にひろがっていくのがわかった。既に体力が落ち始めていたはずなのに、顔色ひとつかえず黙々と私の指示に従って歩く父の姿。坂の途中、父の息は少し荒かった。

「近藤君、楽しい？」

私は訊ねた。

「楽しいよ」

近藤君は答えた。そして、

「俺、なんかショーみたいなヤツ見たい」

と近藤君はめずらしく希望をのべた。

「ショーって、パレードとかそういうの？」

私は、寒いのに何時までいるんだろうというどこまでも適当な気持ちで訊ねた。

「そういうんじゃなくて、なんか室内で踊ったりとか」

近藤君のリクエストの仕方があまりに間が抜けていたので、私は吹き出した。

「わかったよ。どういうの指して言ってるか」

「なんだよ、馬鹿にすんなよ。初心者だと思って」

私は、近藤君のことをまだまだ知らないのだ。そのことに少し嬉しくなって、次に始まるショーの時間を調べた。

ディズニーのキャラクターが一堂に会するショーは、私の、恐らく私たちの想像をはるかに超えた巨大な劇場の中で行われるらしかった。照明が落ちた天井の高い会場に、次から次へと人がなだれ込んでくる。まるで東京の大劇場みたいだったけれど、席が決まっていないことだけがここはテーマパークなのだということを思い出させた。

席に座る者は皆、外の寒さと中の暖かさのギャップからなのか少し眠そうな顔をしてショーの始まりを待っていた。ふと横を見ると、小学生ぐらいの女の子とその父親らしき男性が、にこにこと互いに何かを話しかけていた。いいなぁ、うらやましいなぁと思う。素直に、そう思う。そしてこんな小さな子供にまでコンプレックスのようなものを抱きつつある自分が、少し怖くなる。

同時に私は、何かすごく大きなもの、美奈ちゃんに言わせれば宇宙と呼ばれるようなものに見捨てられ、差別された気分になった。家族が健康なら何より、を全う出来なかった行き場のない負い目。

やがて人形たちが登場し、ショーが始まった。人形たちは、黙々と踊り続ける。それを見つめる無数の観客たち。この劇場そのものを得体の知れない巨大な何かが傍観しているような、不思議な感覚に包まれていく。

しかしそんなことは誰に問えるはずもなく、ただ色鮮やかな布をまとった人形たちが舞台を駆け回るのをじっと見つめ続けていた。

帰りの電車の中、近藤君と私は二人並んで椅子に腰掛け、ぐったりと窓の外を眺めていた。とても初デートの帰り道とは思えない倦怠感で、これから始まる恋の予感も、この後けだるく大人の関係になりそうな気配も漂うことのない、まるで社会科見学の後のような、じっとりとした帰り道だった。

私は遠くでかすかに見えるシンデレラ城を見送りながら、お母さんが亡くなった時、何歳だったのかを近藤君に訊ねた。何歳だったかな、中三だったはずと近藤君が言うので、受験生？　と訊ねるとそうだね、と彼は小さなあくびをしながら応えた。

お母さんて、どんな人だったの？　と、私は更に訊ねた。ごめんね近藤君、と思いながら。

どんな人か……。うーん、普通だよと、近藤君は言った。そして続けた。

「そんなね、死んだ人のことは色々忘れちゃうの」

そっかそうだよね、と私は言った。

「不思議なの」

何が？　と近藤君が訊ねた。

「私のこと、色んな話を持ち出しながら慰めてくれる人は、みんな近しい人が死んでないの」

近藤君は、どういう意味？　と私のほうを向き直って言った。

私は説明した。私がお父さんのことを話すと、たいがいの人が慰めてくれる。自分の過去の悲しかったことを引き合いに出したりして。でも、時々そうなんだ……って言ったまま、何も言わない人がいて、なぜだか不思議なぐらい黙っている。それでそのまま話をしていると、後で決まってその人も近しい家族が死んでることがわかるんだ、と。

しばらく近藤君が黙っているので（そもそも彼はいつも黙っているのだけど）、私もそれ以上何も言わなかった。電車が東京駅にさしかかり、これでしばらく近藤君と会うこともないのかなとぼんやり考えていたら、近藤君が言った。

「今日、俺んち泊まる？　家、誰もいないから」

私は驚いて持っていたミッキーマウスのクッキー缶をぎゅっと手で押さえた。クッキーは、何か買ってあげると突然近藤君に言われて、慌てて選んだものだった。

「近藤君、喪中の女つかまえてそりゃないよ」

私は動揺半分、本気でムッとしたのが半分で言った。

「あ、喪中？　そうか。喪中か」

近藤君は顔色ひとつ変えずに言った。

「そうだよ」

「喪中の女性って、男の人と泊まっちゃいけない？」

近藤君は、本当に答えを知りたいという風に訊ねた。それが彼のずるいところなのかもしれないと思いつつ、私はまんまと彼のペースにのって、

「そんなことないけどさ、不謹慎じゃん！」

と答えた。

「フキンシン」

近藤君は言った。

「繰り返さなくていいよ」

私は言った。

「じゃあやめる？」

近藤君がまたも自然な駆け引きに出てきたので、とうとう私は黙ってしまった。

近藤君が何を考えているのか、いよいよ私にはわからなくなっていた。私が近藤君を特別に感じていたのは、きっと物言わぬ中にも心根のまっすぐさを感じていたからだった。ただそこにいて、私とかかわってくれていること、少なくとも人生の外に追い出さないでいてくれることが、今を静かに支えていた。

その近藤君が、葬式を終えて二週間の私をディズニーランドのみならず自宅に誘う。それはどんな経路を辿って導き出されたことなのだろうか？

「着いたよ」

近藤君が席を立つ。私も重い腰をあげた。

近藤君はごったがえす東京駅の構内の、私より少し前を歩いた。山手線までの連絡通路が長いのが救いだった。この動く歩道が終わるまでに、考えればいいのだから。

しかし動く歩道は、家路を急ぐ人々の歩くスピードに追い立てられるように、あっという間に乗り換え口まで私たちを運んでしまった。ここから先はもう分かれ道だというところに差し掛かって、近藤君が初めて口を開いた。

「帰る？　帰るなら送るよ、途中まで」

私は、口をぎゅっと結んでじっと近藤君の胸の辺りを見ると、言った。

「帰りません」

近藤君は「よし」っと言って、前を向き直ると再び人ごみの中へ進んで行った。

あんなに迷ったのに、それはまるで私がそうすることを望んでいたのを知っていたかのような営みだった。何年も何年も入り口でやってくるのを待っていたかのような、長い時間を埋める、温かな時間だった。近藤君は私が驚いてしまうような扱いをしなかったし、どちらかというと想像以上に淡白だった。近藤君みたいな寡黙な人が意外とびっくりするようなことをしてくるのだと勝手に考えていた私に、それは意表をつくほどの静かな時間だった。

終わった後、近藤君は言った。

「大丈夫？」

私は小さく頷いて、近藤君の胸に顔をうずめた。

「不謹慎だね」

私は言った。

「フキンシン」

近藤君は言った。近藤君が言うと、それはもうそんなに不謹慎ではないような気もした。

近藤君はその言葉を機に、話し始めた。母親が死んだ当時は哀しいとかそういうことよりも、今自分が生きている世界は本当なのか、死んだ人間は実際に存在していたのか、いろんな感情が錯綜してふわふわした身体に力が入らない感じだった。そしてその感覚は、全部じゃないけど今もちょっとだけ身体のどこかに染み付いていて、離れないのだと。

私は黙って彼の話を聞いていた。すると近藤君の胸の辺りに、くすんだ赤い色をした大きな盛り上がりがあるのがわかった。

「これ、どうしたの？」

「ケロイド体質なんだ。ちょっと傷が出来たら、そこから広がって、もう治らない」

「治らないの？」

「うん。注射で抜いたりも出来るらしいけど、大変だから」

残っちゃうのね、と私はその盛り上がった傷口を指でさわった。

「うん、なかなか消えない」

近藤君は言った。私は少しだけ、涙が出てきた。

「色々言って申し訳ないんだけど……」

うん何？　と近藤君が訊ねた。

「今度はおもしろい話してくれる？」

私がそうお願いすると、近藤君は言った。

「おもしろい話は出来ない、昔から」

そして代わりに、彼は私の背中を静かにさすった。同じテンポで、絶えることとなく、近藤君はその大きな手で私の背中にリズムを刻み続けた。タクシーで帰ろうと思っていたのに、私はいつのまにか近藤君の腕の中で眠ってしまった。

それからしばらく、近藤君とは連絡をとらなかった。なんとなくそれは想定内だったし、それが自然だという気もしていた。ほどなくして私は仕事に復帰し、新しい番組にかかわるようになった。『会いたくてドキリ』は、休んでいる間に番組の改編が行われて新体制になり、私の制作会社は番組の担当から外れたのだった。

「あっけないもんですよ」

瀬尾がそう言って、番組の台本を机の上に放り投げた。

代わりに始まった新番組は、毎週親しいタレント同士が二人の友情を育んだ思い出の場所を訪れながらトークするというもので、演歌歌手から新人女優まで幅広い人選が売りだった。その日も、山口県の小さな町から出てきたという新人アイドルと、彼女の事務所の先輩である大御所女優が愛知県にある老舗旅館を訪れるという企画で一泊二日のロケをこなし、東京駅に戻ってきたところでふと小堀さんのことを思い出した。気がつけば、父の死からまだ一度も小堀さんのところへ行っていなかった。

「おひさしぶりです」

私が言った。

「なによかしこまって」

小堀さんはいつになくはにかんで言った。私がちょこんと首をすくめると、すぐにやさしい顔になって笑った。

「大変だったね」

「もういろいろ落ち着きました」

私はいつものカウンターに腰かけた。

「お母さんは？　大丈夫？」

小堀さんが訊ねた。

「大丈夫。兄妹もいるしね」

私は言った。

「そうよね、兄妹。兄妹は便利よね、こういう時」

「小堀さん、一人っ子だったっけ？」

「そうよ。故郷におかん一人残してさ」

小堀さんから初めて聞く〝おかん〟という言葉は、どこか危うい響きがした。

「順番だからね」

小堀さんは言った。

「順番？」

「そ、順番。順番守れたんだから、いいのよ。今は沢山悲しんで、それで又元気になればいいの」

小堀さんは言った。想像以上にポジティブな言葉が胸にザクザクと迫る。

「そんな、簡単じゃないけどね」

「簡単に考えなさい。それが必ずあなたを助けるんだから」

小堀さんはひるまない。

「小堀さん、私もうなんかほんとに嫌だ」

吹き出すように言葉がこぼれた。小堀さんはさして驚いた様子も見せずに、先ほどからカウンターを拭いていた。

「なんか最近、何にも希望がないんだよ」

カウンターの脇に置いてあった、ウサギの形をした小さなガラスの置物を見ながら私は言った。

「希望？」

小堀さんが訊ねる。

「そう、希望。くだらないこと。今度生ガキ食べたいな、きっと美味しいだろうなと思う気持ちとかさ、海外旅行行って夕暮れ時に乾燥した風に吹かれたらきっと幸せだろうなって思う感じとか、友達と延々おしゃべりする金曜の夜とか、休みの日にカフェで好きな本を持って行ってコーヒーを飲むとか、なんか全部、全然楽しそうじゃなくて、どうでもいい。子供もいらない。結婚も楽しくなさそう。こんな風に毎日過ぎてくなら、何のために毎日があるんだろうってわかんなくなるんだよ」

私は一気にまくしたてた。そして同時に、自分が「希望」なんていう言葉を口にする程追いつめられていたことに驚いていた。

「それぐらいなら、全然普通よ」

小堀さんの声はおだやかだった。

「普通って？」

けれども小堀さんは、私の質問には答えずに言った。

「来月ね、お店閉めて高知に帰るわ」

「もう東京戻らないの？」

「当たり前じゃない、このご時世に店閉めて、また落ち着いたら帰って来ますって、そんな簡単にいくわけないでしょ?」

小堀さんはそう言って手元のヤカンを火にかけた。

あいかわらず喫茶店みたいなこの飲み屋が、もうここから永遠になくなってしまう。

どうして? と幾分厳しい口調で私は訊ねた。

「おかんの具合悪くてさ。癌よ、うちも。両親揃って。幸いうちはまだ手術出来るからさ、まあ大丈夫なんだけど。さすがに一人にしておけない」

小堀さんは言った。

そうなんだ……それは心配だねと言葉をかけたが、小堀さんの言葉は、少なからず私を困惑させていた。私は、しばらくぶりに会った小堀さんと、話がしたかったのだ。話をしたくて、そしてなぐさめて欲しかった。それがどんなに子供じみたことであろうと。大丈夫? 可哀想だったね、哀しいのは当然よ、元気だして、と幼い子をあやすように。でも小堀さんの口からでた言葉は、「普通」と「さようなら」、その二つだけだった。

「ずるいなぁ」

ふいに私の口から言葉がついて出た。

「何がずるいの？」

小堀さんが訊ねた。

「みんなずるいよ。みんな勝手にいなくなっちゃって。なんで男はみんな勝手にいなくなるんだろう。散々好き勝手してさ、やりたいことだけやって、気がかわったらみんな私の前からいなくなっちゃうんだから」

この要領を得ない物言いは私がいつも小馬鹿にしている母のようだと辟易しながら、それでも言葉が沸き出るのを止めることが出来なかった。

「あんた、酔ってんの？」

「酔ってません。酔えません」

「じゃあもっと論理的に言いなさいよ。だから女は化学が出来ないって言われるのよ」

小堀さんはヤカンの火をとめ、用意してあった小さな陶器のポットに湯をそそぐと、私の傍らに腰を下ろした。

「私はまず、男じゃないわ」

小堀さんはやさしい目をして言った。

「女でもないわ。それはあなたが一番よくわかってるでしょ？　でもそれは私たちのこの話には必要ない議論よね。それから、これだけは言っておく。あなたは、不幸じゃない。親が死ぬのは哀しいことだけれど、不幸ではない。それを忘れちゃ駄目よ」

「でも小堀さん……」

と言いかけて、私はとうとう声をあげて泣き出した。幼児が泣くような、容赦ない涙の渦だった。

「まったく、アラサーが……」

小堀さんはそう言いながらティッシュの箱を取り出して私に渡し、ほらかみなさいと促した。

その時、店のドアが開く音がして、夜風とともに既に一軒寄ってきたらしいサラリーマンの二人連れが入って来た。彼等は私の泣き顔を見るやいなやぎょっとしたように立ち止まると、続けて小堀さんに視線を移した。

「ごめんなさいね。この子常連なんだけど、不倫相手が奥さんと別れてくれないから今すぐ手首切るって。最近の子ってほんとエキセントリックで嫌になるわ。環境ホルモンの影響かしら？　すみませんね、またいらして」

そう言って小堀さんはサラリーマンに反論の余地を与えず、店の外に追いやった。

「小堀さん、悪いから私帰るよ」

私は立ち上がった。けれど小堀さんは首を横に振った。

「いいから鼻かみなさい」

私が指示通り鼻をかみ終えると、小堀さんは手を出してティッシュを乗せるように促し、丸まった鼻紙をくずかごに入れた。その動作はまるで母のようだった。

小堀さんは再び私の顔を見て言った。

「もう一度言うけど、あなたは不幸じゃない。親が死ぬことは正しいことなの。そりゃあんまり早く死ぬのはそう正しいって言えないかもしれないけれど。でもね、私みたいに人生降りちゃうよりは、ずっと救いのあることなのよ」

私は、何かを聞き返すよりも小堀さんの口から次に出る言葉を待った。

小堀さんは天井を見上げると、ゆっくりとひと呼吸ついた。

「私が結婚して子供がいたのは、話したわよね？」

私はこくりと頷いた。

「男の子でね、目の奇麗な子だった。車の助手席に乗せながら信号待ちで隣を見ると、奇麗な子だなぁって、我が子ながら思っちゃうような子だったの。親バカだからじゃないわよ。私そのあたりはね、冷静だって自信があるの。でもその子ね、生まれつき心臓に問題があったの。難病っていうか、とにかくめずらしい病気でね、それこそ日本中の専門医回って診てもらったわ」

私の身体は、まだ先ほどの涙で小刻みに震えていた。

「私は製薬会社に勤めてたから、当然医者のコネクションが沢山あったわけ。知っての通り敏腕の営業マンだったたし、それは思いつく限り、公私混同だって揶揄されるぐらい先生のところ回ってね、それで日本で一番の権威って言われる医者に診せたのよね。とっても難しい手術だったけど、成功したの。手術が終わったらあの子みるみる元気になってね、半年後にはほんとに普通の子とおんなじように学校通えるようになって。ああこれで大丈夫だ、元の生活に戻れる、また一からやり直しだって思ったんだけど……」

小堀さんはそこで初めて話を止めると、一息ついた。

「ある日仕事を終えて家に帰ったらね、家の中が空っぽだったのよ」

小堀さんは、本当に可笑しいことを伝えるような表情をして、言った。

「空っぽ？」

「そう。マンションに住んでたんだけど、家具がね、全部ないの。最初は泥棒かと思った。ものすごい窃盗団が根こそぎ持って行ったんだって。でも、寝室の子供部屋を覗いて、すぐにそうじゃないってわかったの。奥さんと子供の物も、何一つないのよ。それでだんだんわかってきたのよね。ああ、自分は捨てられたんだって。部屋だけはさすがに持っていけないからあきらめたんだろうけど、その他は全部持って、ポイされちゃったんだって」

私はかつて完全な男だった小堀さんが空っぽの部屋で一人佇む姿を想像した。

「みんないい家具だったのよ。奥さんに、安いだけのものはいつか嫌いになって買い替えたくなっちゃうから、高くても本当にいい物を買っておくべきだって説得されてね。新婚当初は安月給だったのに、そこまで言うならわかったよなんて言いながらいつも彼女が望む家具を買ってたの。決して成金とかじゃなくてセンスのいい人だったから、部屋の中はインテリアのお店みたいだったわ。疲れて家に帰ると、いつもリビングの中央に白熱灯のランプが灯っててね。でもそのランプも、なくなってた」

全部？　と私が蚊の鳴くような声で訊ねると、小堀さんはそう、全部と言って頷いた。

「でもただ一つ、部屋の中央に小さな箱が置いてあったのよね」

「箱？」と私は聞き返した。

「そう、箱。何だろうと思って近づいて行って箱を開けたらね、中に沢山ボールペンが入ってたのよ。私の仕事は色んな病院回って、薬の営業することでしょ？　その時にね、ちょっとしたお土産で、ボールペンを渡すことがあったの。見たところ何の変哲もない普通のボールペンなんだけど、よく見ると薬の名前が印刷してあるのよ。いつもはそういう備品は会社に置いておくんだけど、その頃外回りが続いてたから、きっと家にもまとめて置いておいたのよね。置いてあることすら忘れてたんだけど、それがそのまま、空っぽのリビングにポツンて残ってたの」

　小堀さんは、そこで再び大きくため息をついた。

「もともと夫婦仲はそんなにいいほうじゃなかった。何かにつけて口論になってってね。特に子供が病気になってからは、全部あなたのせいだって責められてばっかりだった。男のくせに何にも出来ない、医者の一人も探してこれないって。私だって精一杯探してたのよ。だけど、どんな強力なコネがあっても、簡単じゃないのよ、医者の世界って。一週間やそこいらで、はいどうぞって訳にはいかないの。私も最初は、母親が子供を想うあまりその気持ちのやり場がないんだろうって考えるようにしてたの。喧嘩はしたけど、どんなに罵られても憎みはしなかった。だって家族だからね。それに子供が病気で、他に考えるべきことが沢山あったから。でも奥さんは違ったのね。だから、その日、その時、箱を開けてカタカナで薬の名前が印刷された大量のボールペンを見た時、なんだかとっても不思議な気持ちになっちゃったの。悲しいとか、憎らしいとか、そういう気持ちを超えた、驚きに近いような気持ちだった。それはね、人ってこういう風に自分が本当に必要なものだけを選びとりながら生きることが出来るんだっていう、ある種人間の強さに触れた瞬間だったのかもしれない。ああ、こういうのって有りなんだって。広い部屋にボールペンと自分だけが残って、そしたら自分をとりまくすべてのものが意味のないものに思えてきて、それ以降今に至るってわけ」

「それ以降を端折りすぎでしょう」

私は言った。何か少し冗談を言うべきかと思って。と同時に、泣いていた自分が恥ずかしくなってきて、カウンターに視線を落としたまま動けなくなってしまった。

「ねえ、私が言いたいのはね、あなたに上を見てて欲しいってことなのよ」

小堀さんは言った。

上？　と訊ねる私は、それでもうつむいたままだった。

「親が子供に望むことはね、この地面の下に眠る沢山の不幸を見ないで一生を終えて欲しいってことなのよ。できればそんなものは見ずに、この世界は美しいものだったと信じたまま大人になって、そして死んでいって欲しいものなの。あなたのお父さんは、少なくとも今日まであなたにそれを与えてきた。私はあなたのお父さんに会ったこともないし、詳しい話だって聞いたことないけど、あなたを見ていればそれがわかる。私は自分自身がどうしようもない暗闇に触れた時、そこから這い上がることをしないで人生を降りちゃったの。人生を降りるっていうのは、なにも自殺するとか引きこもることじゃなくて、少なくとも私の親がそれまで私に与えてくれていた光をね、自分で遮っちゃったってこと。一度そういう人生を送り始めたら、そう簡単には抜け出せないのよ。そんなことない、人生はいつだってやり直せるってあなたは言うかもしれないけど、私が選んだ世界は、それまでの生きて来た世界とは別の深さの暗闇があった。後悔してるって言いたい訳じゃないの。でも私があの時そこを覗こうとしなければ、今とは違う別の人生が確かにもう一筋流れていたことだけは、わかるの」

小堀さんの穿いているロングスカートの裾が、カウンターの脇で揺れていた。

「あなたの人生にはね、これまで以上にもっともっと不幸なことが起きるかもしれない」

小堀さんは言った。

「怖いこと言わないで」

「しょうがないわよ、人生なんだもの。だけどね、どんなことがあっても、自分より不幸な人がいることを信じなくちゃだめよ」

小堀さんがその文脈で「信じる」という言葉を使ったことが、意外だった。

「幸せの比較はみじめなだけだけど、不幸の比較は生きる力になるの。私は大丈夫、私はまだやれるって思えれば、卑屈になって人生を降りずに済むんだから。しょせん、不幸な人の気持ちなんてわかる訳ないのよ。こうやってあなたに昔のしみったれた話をしながら不幸ぶってる私だってそう。心の底から人生に絶望している人間は、自分がどこまで地下深く下りてしまったかすら気がつかないものなのよ。だからせめて、あなたはそういう人たちをこれ以上傷つけないように、不幸ぶることだけはやめなさい。そして悲しみから得た力を、もっと悲しみの中にいる人たちの為に使いなさい。あなたはそれが出来る人よ。私にはわかる。だから暇じゃないのに何年もこうやって小娘の相手してきたんじゃない」

小堀さんはそう言って、初めて笑った。

「男が出来たら、一緒に高知に遊びにいらっしゃい。美味しいもの食べさせてあげるから」

いつか話に聞いた、鏡のように輝く水田が延々と続く高知のあぜ道を、近藤君と小堀さんに挟まれて歩く姿を想像してみた。すると胸が少しざわめいて、父が死んでからは長らく忘れていた光に似たものが、そこにはあるような気がした。

「がんばるのよ」

小堀さんは言った。

頑張る。人生は頑張らなくてはならない。なんて厳しくて、なんてせつないんだろう。自分の命みたいに大事な人を失っても、人は頑張って生きていかなくちゃいけないなんて。

「さよなら」

私は言った。

小堀さんはにっこり笑って、私の頭をポンと叩いた。その袖からは、いつものように柔軟剤の匂いが漂ってきた。

その二ヶ月後、私は会社を辞めた。

かつてロケに同行したドイツ人のクリストフが再び日本に来るというので、再会してご飯を食べた時のことだった。その時彼と同席していた女性ディレクターから、これからサンフランシスコで日系人に関するドキュメンタリー映画を制作する予定で、日本語の話せるスタッフを探しているのだと教えられた。さほど英語を話せないからと聞き流していた私を前にして、ケイトという名のその女性は、私を見るなりウィンクして言った。

「あなたとは縁があると思うわ」

ウィンクなんかされたのは何十年ぶりのことだったのですっかり参ってしまったのと、彼女をとりまく自由で力強い空気が私の心に染み入ってきて、私はその場で撮影に参加することを決めてしまった。契約期間は半年、その後のビザも仕事の保証もない、なんとも不安定な契約だったけれど、私は迷わなかった。

休職し、やっと復帰したとたんに辞めて行く私を前にして、皆口には出さないけれどあきれ顔なのがわかったが、そのせめてものお詫びとして、残りの二ヶ月をがむしゃらに働いた。

退職の日、瀬尾に挨拶に行くと、お世話になりましたと頭を下げる私を前にして

「夢を追いかけちゃう系?」と彼は言った。いやいやそんなんじゃないですよと笑うと、お前みたいのはいい男つかまえて養ってもらいながら好きなことやるのが一番だよと瀬尾は言った。じゃあ瀬尾さんお嫁さんにしてくれますか? と私が割合真剣な顔をして訊ねると、瀬尾は何言っちゃってんのよ、俺あれだよ、結構うるさいよ収納の仕方とか、と声を出して笑った。こんなに楽しそうに声を出して笑う瀬尾を見たのは、入社以来初めてのことだった。

近藤君には、自分から電話をした。格好つけずに、元気? 少しの間アメリカに行くから、時間があったらその前にまたご飯でも食べようね、と。すると近藤君は、これまで聞いたどの声よりもきっぱりと「待ってる」と言った。そして最後に、帰って来たらどこか旅行に行こうよ、ディズニーランドよりもっと遠くて囲われてない場所に行こうと彼は言った。

パスポートの更新に必要な戸籍謄本をとるため区役所に向かった三月の終わり、少しだけ暖かくなった春の空気を身体に受けて、駅前を歩く人々は皆笑顔がにじんでいるように見えた。

区役所の中で手続きを終えソファーに腰掛けていると、やがて縁なしの眼鏡をかけた男性職員が私の名前を呼んだ。

「藤田しぐささん」

立ち上がり、カウンターに向かう。するとそこには確かに私と、母の名が書かれた戸籍があった。

父の名は、もうない。死者は、生者の歯車の中には存在しない。

そう言えば死亡届を提出しに来た日は、雪が降っていた。母と二人で傘をさしながら区役所まで長い坂を登り、「なんだか世界一不幸な気がする」と言って笑った記憶が蘇ってきた。あの時私たちはこの上なく不安だった。父という大きな傘が、もう何一つ守ってくれないことを知って。

目の前の係の男性は、謄本を私に差し出すと指で確認を促した。

「これで、お間違いないですね？」

自分の名前と現住所を確認すると、ふと私の出生に関する「届出人」が記された欄に目が留まった。そこにはぽつんとひとつ、「父」という一文字が残されていた。

『出生届出人・父』

初めて気づいた、無機質な黒い印字だった。

区役所で貰った薄っぺらい紙を胸に抱えて、私は駅に向かって長い坂道を下った。

夕暮れの風が、やさしく頬をなでていく。道の途中、ビルの狭間にひっそりと一本の桜の木が立っているのが見えた。この木を守るために、その場所を避けて建物が建てられたかのような、不自然な位置にその木は存在していた。その時もう一度ふわりと風が吹いて、辺り一面に桜の花びらを散らした。

父はもう桜を観れない。けれど私は観ている。ふいに涙が沸き上がってきた。父の不在が哀しいのではない。父がこの状況をどう見ているのか、あるいは見ていないのかを知る術がないことに、ただ呆然としているのだと思う。

そうやって、得体の知れない感情がまだまだ私の心を串刺しにしてくる。それは誰とも共有することが出来ない。けれどいつか、その哀しみは私の一部となるだろう。何度も繰り返し、生きることに辟易し、想像もしなかった暗闇を垣間みて、それでも後退はしない。そして気がつけば、私は私を産んだ世界のはじまりへと一人戻って行く。私にはそれがわかる。私にはきっと、それが出来ると思う。

三十年前、生まれたばかりの私を家に置いて、一人この坂を登った父のことを思った。

その時父は、何を考えていたのだろう?

紙の中に刻まれるあの子の未来がどこまでも明るくあるようにと、目を細くしながら黙々と登っていたのだろうか。それとも、チクショウ、こんなことならあの時ちゃんと段どっとけばよかったよなどと舌打ちしながら、なかなか終わらない坂道を汗をにじませ歩き続けたのだろうか。

今となっては、どちらでもいい。

父は確かに、私の命を抱えてこの坂を登ったのだ。

この作品は二〇一一年四月にポプラ社より刊行されました。

音のない花火

砂田麻美

2018年　6月　5日　第1刷発行

発行者　長谷川 均
発行所　株式会社ポプラ社
〒一六〇-八五六五　東京都新宿区大京町二二-一
電　話　〇三-三三五七-二二一二(営業)
　　　　〇三-三三五七-二三〇五(編集)
ホームページ　www.poplar.co.jp
フォーマットデザイン　緒方修一
校閲　株式会社鷗来堂
印刷・製本　中央精版印刷株式会社

N.D.C.913/231p/15cm
ISBN978-4-591-15925-5
落丁・乱丁本は送料小社負担でお取り替えいたします。
小社製作部宛にご連絡下さい。
製作部電話番号　〇一二〇-六六六-五五三
受付時間は、月～金曜日、9時～17時です(祝日・休日は除く)。